하하의
SOME SING 썸싱

하하의 썸싱

SOME SING

전경남 장편소설

차례

외계 행성에서 날아온 요상한 괴물들이 내 몸을 덮쳤다.

"으. 으, 으."

난 격렬하게 저항했고, 있는 힘을 다해 싸웠다. 겨우겨우 붙잡혔던 손을 빼내 벨트에 장착된 스위치를 눌렀다. 순식간에 붉은 광선이 나선형을 그리며 발끝, 다리, 허벅지, 엉덩이를 거쳐 심장을 돌아 머리 위까지 올라왔다. 괴물들은 멈칫했고, 난 파워레인저로 막 변신하려 했다. 바로 그때.

"아들, 어서 일어나! 오늘 졸업식이야. 그러다 늦어!"

엄마는 내 꿈을 흔들어 깨웠다.

눈을 감은 채 한참을 뭉그적대다가 엄마의 성화에 못 이겨, 침대에서 일어났다. 온몸이 찌뿌드드한 것이 뭔가 예감이 좋지 않았다. 겨우 씻고, 대충 먹고, 서둘러 교복을 입었다.

"10시 졸업식이지? 이따 학교에서 보자!"

"엄마! 고등학교 졸업도 아니고, 중학교 졸업인데 뭐하러 와. 상 받는 것도 하나 없는데!"

엄마는 내 말을 못 들었는지 졸업식장에서 큼지막한 꽃다발 하나를 내밀었다.

"그간 멋지게 커 줘서 고마워. 축하해!"

역시 예감은 적중했다. 자세히 보니 그건 꽃이 아니었다. 예쁘게 포장된 콘돔 다발!

콘돔이 내 손에 닿자마자 파워레인저의 갑옷이 홀러덩 벗겨졌다. 사람의 마음으로 자기의 길을 계획할지라도 그 걸음을 인도하는 자는 마치 콘돔인 양, 난 콘돔이 이끄는 세계로 빨려들었다. 콘돔 착용이라는 원대한 꿈을 품고 운명의 그녀를 향해 돌진했다. 아, 아니 돌진하고자 했다. 단언컨대 난 아주 순수한 영혼이었다.

1

첫사랑은 찌릿찌릿한 전율을 동반한 우발적인 마주침에서 시작된다. 하여 첫인상은 강렬할 것이며, 짙은 여운을 남길 것이다. 하지만 그건 영화 속에서나 일어나는 한 장면일 뿐. 애석하게도 난 그녀를 기억조차 못 했다. 굳이 변명하자면, 그날은 원래 그럴 수밖에 없는 날이었다. 인생이라는 무대에서 한두 마디의 실수로, 혹은 한두 번의 현명함으로 확연히 달라진 길을 걸어야 하는 순간이 있다면, 그날이 그랬다.

"저기……."
"여기 앉아서 기다리라던데요."

입학시험을 보기 위해 대기실 문을 열었을 때, 50여 개가 넘는 눈동자가 나를 돌아보고 있었다. 볼이 통통한 여자아이가 가방을 치우고는 자리를 비켜주었다. 슬며시 눈인사를 하고는 어색하게 앉았다. 6대 1의 높은 경쟁률, 가나예술고 실용음악과가 이렇게 인기가 많은 건 아마 작년에 했던 T밴드라는 오디션 프로그램 때문일 거다. 예선을 통과한 고딩밴드가 세 팀이었는데 그중에 이 학교 밴드부 '산소마이크'가 단연 최고였다. TV에 두어 번 나오다 떨어지긴 했지만, 쟁쟁한 성인밴드들을 제치고, 본선에 진출했다는 것만으로도 보통이 넘었다.

시험시간이 다 되자 그새 서 있는 아이들까지 생겨났다.

"수험표 달았나 확인하시고요, 자기 차례가 끝나신 분들은 바로 집으로 가시면 됩니다."

선배로 보이는 남자의 귀에는 붉은 보석이 반짝였다. 순간 나도 꼭 합격을 해서 보란 듯이 양쪽 귀에다 짝퉁 반짝임이라도 주렁주렁 걸어야겠다는 의지가 가슴 깊은 곳에서 솟구쳐 올랐다.

바람도 차지 않은데 손가락이 굳어왔다. 계속 손을 비볐다. 내 옆에 있던 통통한 볼살이 말을 걸어왔다.

"핫 팩 빌려드려요?"

시크함을 캐릭터로 설정한 상태라 고개를 내젓고 싶었는데, 어느새 내 손은 핫 팩을 받아 쥐었다. 손의 열기가 봉인되었던 입까지 풀어주었다.

"어떻게 핫 팩을 준비해 오신 거예요?"

"우리 학원에서는 시험 보는 애들한테 다 나눠주던데……. 근데 무슨 곡 치세요?"

"〈흑건〉요."

"어? 처음 들어본 곡이네요. 하긴 뭐 클래식만 아니면 되죠, 뭐!"

난 다시 입을 봉했다.

내 차례가 돌아왔다. 피아노 앞에 앉으니 손이 덜덜 떨렸다. 순서를 기다리면서 들었는데, 아무도 클래식을 치지 않았다. 그래도 어쩔 수 없었다. 길게 한숨을 한 번 쉬고는 쇼팽의 〈흑건〉을 쳤다. 중간도 못 쳤는데 "그만, 다른 곡 준비한 거 있어요?" 했다.

평소에 좋아했던 김광민의 〈학교 가는 길〉을 기억해냈다. 겨우 2분쯤 친 것 같은데,

"됐습니다!"

하는 말이 들려왔다. 포니테일로 머리를 묶은 남자 쌤이 물었다.

"지금 약간 변주한 것 같은데, 혹시 작곡은 해본 적 있니?"

고개를 저었다.

"그럼, 노래는 잘하니?"

언제부턴지 알 수 없지만, 내 목소리에서는 깡통 차는 소리가

났다. 가끔 새된 목소리도 불쑥불쑥 튀어나오고…….

난 또 고개를 저었다.

"어떤 장르를 하고 싶니?"

편안하게 물어 왔지만, 대답이 안 나왔다. 시험장에 들어올 때 안내를 했던, 선배로 보이는 여자가 내 옆에 와서 작게 말했다.

"후우, 후우, 후우. 4분의 4박자, 온쉼표로 마음 조절하시고요. 자신의 장점을 말하세요."

"네? 제가 제 입으로요?"

내 말에

"품."

여자가 웃음을 터트렸다.

순간 마법처럼 긴장이 풀리고, 주먹이 불끈 쥐어지더니 두 눈이 반짝였다.

"피아노 치면 어떤 음인지 다 맞출 수 있어요. 음악을 듣고 바로 악보로 베낄 수도 있고요. 붙여만 주시면 듣고 따는 건 제가 다 할게요. 그건 자신 있어요."

"절대음감이니?"

"네, 도를 도라 말하고, 레를 레라고 할 수 있어요. 테스트도 가능합니다."

"잠시만."

심사하는 사람들 눈빛이 오고 갔다. 그런데 싱겁게도 별말은 없었다.

"그래, 참고할게. 수고했어. 자, 다음!"

기운이 쏘옥 빠졌다. 난 기도에 매달릴 수밖에 없었다. 하늘에 맡기고 땅에 맡길 수밖에 없었다. 놀랍게도 내 기도에는 '영빨'이 있었다. 몇 번씩 들락거리던 홈피에 내 이름이 떴다. 합격 축하한다는 말과 함께! 그날 이후의 시간은 지겹도록 더디 갔다. 난 내 속에 어떤 만남이 있었는지도 모른 채, 앞으로 어떤 만남을 이어 갈지도 모르는 채 그저 3월만 기다렸다.

봄은 3월 2일부터 시작되었다. 교복을 입은 내 어깨 위로, 왼쪽 귀에 반짝이는 귀걸이 위로, 빨간 백팩 위로 봄이 나풀나풀 내려앉았다. 버스 타고 지하철로 갈아타고, 마음 졸이며 교실 문을 열었다. 슬쩍슬쩍 오가는 눈길과 잘 보이고 싶어 하는 마음, 서로에 대한 호기심이 뒤엉켜 묘한 긴장감이 돌았다. 창가 근처에 앉아 요리조리 눈알만 굴리고 있는데, 내 옆에 귀여운 여자애가 앉았다. 어디서 많이 본 듯해서 고개를 갸웃거렸다.

"어? 안녕하세요."

"아, 네 안녕하세요."

어쨌든 인사는 했다.

"앗!"

아, 이 아이가 정녕 그 아이란 말인가? 볼살이 통통했던 그 아이!

나의 짧고도 방정맞은 감탄사가 그 아이에게 전해진 듯했다. 그 아이와 난 마음속으로 많은 말들을 주고받았다.

'야! 너, 진짜 살 많이 뺐다. 못 알아볼 뻔했다고!'

'살 뺀 거 말고 다른 변화는 모르겠니?'

'뭐? 쌍수 한 거?'

'허걱! 어떻게 알았어?'

'그, 그걸 모른다는 건, 음…… 그나저나 눈두덩이 위에 있는 붉은 선은 언제 없어진다니?'

여자아이는 박영아라고 했다. 자기는 재즈를 좋아한다나? 재즈가 뭐냐 물으려다 말았다. 곧 알게 될 텐데 서두를 것 없다. 난 느긋하게 아이들을 둘러봤다. 기타 가방에다 해골을 그린 아이, 무지개 양말을 신은 아이, 커다란 헤드폰을 끼고 교실로 들어오는 아이, 머리를 한쪽만 민 아이, 팔찌로 온 팔을 다 휘감은 아이를 보고 있자니, 자신의 똘끼를 어떻게든 교복 밖으로 드러내고 싶어 하는 처절한 몸부림이 느껴졌다. 난 그들의 처연한 촌스러움과 과함이 언젠가는 예술적 간지로 승화되기를 진심으로 빌어줬다.

쌤이 들어왔다. 남자 쌤이었는데 목소리가 심하게 작았다. 우물거리고 낮은 목소리였다.

"안 들리는데요."

뒤에서 누군가 말을 하자, 쌤은 마이크를 켰다.

"아, 아, 마이크 테스트! 원, 투. 이래도 안 들리십니까? 음, 앞으로 여러분들은 노래방 가는 것 말고도 마이크 사용할 일이 많을 텐데……."

아이들이 피식피식 웃었다.

"암튼 열심히 음악 하고 서로서로 배우면서 즐겁게 생활합시다. 아, 그리고 음악은 혼자 하는 것이 아니라 앙상블을 이뤄가면서 해야 해요. 앙상블! 그래서 우리 과에는 앙상한 앙상블을 자주하는데……. 음, 왜 안 웃어요? 여기는 웃는 대목이었는데?"

왜 웃어야 하는지는 몰랐지만, 아이들은 웃어줬다. 박수까지 쳐주면서.

"우리 과는 앙상블 모임이 꽤 있어요. 밴드부도 몇 개 있고! 수업시간에 열심히 듣고 연습하는 것도 중요하지만, 각자의 실력에 맞는, 자신이 좋아하는 장르를 찾아 밴드를 만들고, 가입하는 것도 중요한 일입니다."

밴드 이야기를 하는 순간, 난 이미 오래전부터 가입하려 했던 '산소마이크'를 떠올렸다.

입학한 지 일주일도 안 돼서 바로 '산소마이크'(산마)에 가입했다. 따로 오디션을 보는 것도 아니어서 지원자가 엄청 많을 줄 알았는데, 생각보다 인기가 없었다. 오히려 아이들은 친한 친구나 눈

맞은 아이들끼리 밴드를 만들거나 좋아하는 장르별로 모여 팀을 만드는 것에 열중했다. 우리 반 40명 중에 기타 치는 이현이와 보컬을 하는 수영이라는 여자아이, 그리고 나. 이렇게 세 명만 산마에 가입했다.

수업이 끝나면 바로 밴드방으로 갔다. 합주는 일주일에 한 번, 목요일뿐이었지만, 난 거의 매일 드나들었다. 문을 열면 합주실 뒤로 방이 두 개 있었다. 난 주로 작은 방에서 연습을 하다가 사람들이 없으면 합주실로 나와 코드 연습을 했다. 합주실 피아노는 나름 괜찮았는데, 작은 방의 피아노는 건반이 너무 깊게 들어가서 잘 안 쳐졌다. 그 피아노만 빼고 나머지 악기들은 대체로 훌륭했다.

폭풍으로 코드를 외우느라 3월 한 달은 바쁘게 지나갔다. 나의 반주 실력은 하루가 다르게 좋아졌다. 혁수 선배는 보컬 연습을 할 때면 가끔 나를 불렀다. 작년 T밴드 때 보컬을 했던 덕에 혁수 선배야말로 '산마'의 실세 중의 실세였다. 혁수 선배의 간택은 내 존재감을 높여주고, 어깨에 힘을 실어주었다.

4월이 시작되고, 벚꽃이 한창 피던 어느 봄날이었다. 그날도 합주실에서 혁수 선배의 보컬 반주를 해줬다. 혁수 선배가 가고, 악보를 정리하고 가려는데, 누군가 기타를 메고 동아리방으로 들어왔다.

"어? 이름이 뭐였더라? 하하였나? 오하하? 맞지? 하하하."

놀랍게도 그녀가 날 알은체했다. 아! 그러고 보니 기억이 날 듯도 했다. 시험 보던 날 웃음을 터트렸던 여자. 그녀가 산소마이크 출신이었다니. 지난달 정기모임에도, 대면식에도 그녀는 나오지 않았는데…….

그래, 내 이름은 오하하다. 평생 웃으며 살라고 엄마가 지었다는데, 난 정작 내 이름 때문에 웃지도 못하고 산다. 웃는 쪽은 내가 아니라 늘 상대방이다. 난 내 이름을 들려주고는 그 사람의 반응을 주의 깊게 살핀다.

'음, 저 웃음의 의미는 뭐지? 비웃는 거 아냐?'

신경이 곤두선다. 그래도 가끔은 이렇게 날 기억해주고, 이름을 불러주는 사람이 있긴 하다. 그녀가 내 이름을 불러주었을 때 나는 꽃이 되었던가?

"난 9기 김여진인데, 암튼 만나서 반가워. 하하는 11기지?"

"넵."

드라마도 많이 봤는지, 아주 노련하게 악수까지 청했다. 여진 선배는 생각보다 몸집이 작았다. 물 빠진 청스키니진에 감색 카디건, 흰색 스니커즈가 제법 잘 어울렸다. 아주 예쁜 얼굴은 아니었지만, 눈웃음을 지어 그런지 귀여운 느낌이 들었다.

"집에 가는 길이었니?"

물론 가는 길이었다.

"아, 아뇨."

난 슬그머니 악보를 다시 펴고 얌전히 앉았다. 여진 선배는 가방에서 기타를 꺼냈다. 못 보던 선배나 처음 보는 사람이 나타나면 나도 모르게 그의 실력을 테스트하게 된다. 가끔은 머릿속으로 '자, 덤벼' 하면서 배틀까지 하고 있다. 손으로는 악보를 그리고, 눈으로는 악보를 보고 있지만, 모든 신경이 귀를 일으켜 세웠다.

여진 선배는 한 음 한 음 기타 줄을 맞추더니 코드를 잡고 노래를 시작했다.

세상을 너무나 모른다고
나보고 그대는 얘기하지

어? 발라드가 아니잖아. 뭐지, 이 장르는? 내 귀는 예민해졌다.

조금은 걱정된 눈빛으로
조금은 미안한 웃음으로

말하듯, 속삭이듯 시작했지만, 꽤나 거칠었다. 그녀는 마치 사포질을 하듯 내 심장에 쓰윽쓰윽 스크래치를 남겼다.

그래 아마 난 세상을 모르나 봐

혼자 그렇게 그 길에 남았나 봐

나에게 뭔가 비밀을 털어놓고 있는 듯했다. 어쩐지 그녀가 외로워 보였다.

하지만 후회 없지
울며 웃던 모든 꿈
그것만이 내 세상
하지만 후회 없어
가꿔왔던 많은 꿈
그것만이 내 세상

간혹 음정이 불안했다. 하지만 그 분위기, 뭔가 뿜어내는 듯한 목소리, 폭발하는 듯한 기운, 진지하게 불러대는 저 표정!
그간 살아온 삶에 후회 없단다. 그녀는 대체 어떻게 살아왔던 걸까? 내 마음속에서 뭔가 울컥 올라왔다.

그것만이 내 세상!

내가 그녀의 세상을 빼앗았던 것도 아닌데, 그녀는 내게 자기 세상을 되돌려 달라고 호소를 했다. 나도 모르게 그녀에게 굴복하고 말았다. 순간 그녀는 나의 그녀가 되어버렸다.

2

한참 만에 입을 열었다.

"선배님! 방금 부르신 노래, 직접 지은 거예요?"

"뭐? 흐흐흐."

"아~."

괜히 물어봤다. 얼굴이 빨개졌다. 너무 부끄러워 손끝만 보고 있었는데, 그녀가 친절하게 곡에 대한 설명을 해줬다.

"처음 들어봤구나? 이 곡은 1985년 '들국화'라는 그룹이 불렀던 노래야. 제목은 〈그것만이 내 세상〉이고!"

1985년이면 내가 씨앗도 되지 못한 채, 먼 안드로메다에서 코딱지나 파내면서 엄마의 유딩 시절을 훔쳐보던 그 무렵이다. 그럼 여진 선배, 아, 아니! 나의 연인 여진 씨는 이 노래를 어떻게 알게 되었을까?

힐끔힐끔 그녀를 훔쳐봤다. 그러다 그만 눈이 딱 마주치고 말았다.

"하하야, 너 연습 안 하니? 어머나! 내가 너 연습하는 거 방해했던 거구나? 미안!"

그녀는 기타를 들고 연습실로 쏘옥 들어가 버렸다.

"아, 아니, 제가 들어갈게요."

중얼거렸지만 이미 그녀는 떠나고 없었다. 난 악보를 뒤적거리면서 피아노를 치는 척했다. 하지만 내 영혼은 방문을 열고 그녀 옆에서 그녀바라기를 하고 있었다. 그녀의 노랫소리가 들려왔다. 아까 그 노래였다. 부분 연습을 하는 듯했다. 두 소절을 부르다 끊고, 또 부르고 또 부르고. 세 소절 부르다 끊고 또 끊었다. 그래도 전혀 지겹지 않고 좋기만 했다. 설령 '삑사리'가 난다고 해도, 아, 난 삑사리까지도 좋을 거였다.

그녀가 노래를 멈췄다. 그때야 난 피아노 건반을 두들기기 시작했다. 그녀는 연습실에서 나와 정수기 쪽으로 갔다. 내 눈동자도 정수기 쪽으로 갔다. 그녀는 물을 마셨다. 난 그녀가 쥐고 있는 컵을 봤다. 아니, 가느다란 손목을 봤다. 그녀가 물을 다 마셨는지 뒤를 돌았다. 헉! 그러다 눈이 또 마주쳤다. 그만 피아노 소리까지 멈췄다. 그녀가 천천히 내 쪽으로 다가왔다.

"하하야, 너 언제까지 있을 거야? 난 한 10분 정도 있다가 가려고 하는데……."

"아, 저……."

주책없게도 내 배에서 먼저 대답을 했다.

'꼬르륵꼬르륵.'

그냥 넘어가 주셔도 좋았을 텐데 그녀는 내 배 속 말에 응답했다.

"나 너무 배고파서 가려는 건데, 시간 괜찮으면 우리 뭐 먹으러 갈까?"

우, 우리? 그녀 입에서 '우리'라는 말이 나왔다.

'오! 여진 씨, 지금 주책바가지인 저를 용서하시고, 당신과 같은 레벨로 보신 겁니까? 드디어 당신과 내가 뭉쳐진 겁니까? 한덩어리가 되어가는 겁니까?'

머릿속에는 기쁨의 낱말들이 쉬지 않고 말풍선을 그리고 있었다. 우리는 편의점으로 갔다. 그녀는 전주비빔밥맛 삼각김밥을 손에 쥐면서 좋아했다.

"여기는 이 시간까지 이게 남아 있네! 오, 대박!"

난 컵라면 비닐을 벗기면서 그녀에게 물었다.

"라면은 안 드세요?"

그녀는 고개를 끄덕였다. 난 컵라면에 뜨거운 물을 부었다. 우리는 라면이 익기를 기다렸다. 그녀는 삼각김밥을 먹으면서 핸드폰을 들여다봤고, 난 라면 뚜껑에 써 있는 글자들을 읽고 있었다. 3분은 길었다.

"좀, 드, 드실래요?"

예의상 해본 말에 "아, 아니!" 당연한 대답이 오고 갔다. 그런데 그녀가 막판 뒤집기를 했다.

"국물만 좀 남겨줄래?"

"그럼, 지금 먼저 드셔요."

그녀는 적당하게 입을 벌리고 오물오물 김밥을 먹었다. 옆구리도 안 터트리고, 내용물도 안 흘리면서 잘도 먹었다. 그러고는 입가심으로 국물을 얌전히 한입 마셨다. 이렇게 아름답게 음식을 먹는 사람이 있었나? 가자미눈으로 그녀만 봤다.

면발이 잘 안 넘어갔다. 후루룩 소리가 날까 봐 세게 흡입도 못했다.

"하하야, 너무 신경 쓰지 말고 편히 드셔. 빨대라도 갖다 줄까?"

순간 나도 모르게 뿜었다. 라면 국물이 살짝 그녀에게 튄 것도 같았다.

'헐, 나 왜 이래? 나 미친 거 아냐?'

그런 생각을 하느라 정신 못 차리고 있는데 그녀가 말해 왔다.

"하하야, 너 혁수 반주해 준다면서? 너 클래식 배운 거 아냐? 근데 코드는 언제 다 익힌 거야?"

"아, 아직 다 배운 것은 아니고요."

"근데 반주만 하면 실력 많이 안 늘 텐데……."

"그, 그래요?"

고작 내가 한 말은 이게 다였다. 나 이런 캐릭터 아닌데……. 내 스스로가 너무 한심스럽게 느껴졌다.

"아, 아니다. 아직은 코드를 익혀야 하니까, 반주하는 것도 나쁘지는 않겠네. 근데 하하야, 실기 쌤은 누구야?"

"김원용 쌤이라고 우린 그냥 낙타 쌤이라고 불러요. 입술 엄청 두껍고 어깨 약간 구부정하신……."

"낙타 쌤? 처음 들어봤는데, 오신 지 얼마 안 되셨나 보구나! 아마 대부분 실기 선생님들은 코드나 스케일은 다 배우고 들어왔다고 생각할 거야. 그러니까 계속 스케일과 코드는 연습해두는 게 좋을 거야. 동아리방에 스케일 악보가 어디 있긴 할 텐데……. 다음에 갈 때 찾아봐 줄게."

"다, 다음요? 언제요?"

엉겁결에 튀어나온 말이었다.

"음, 다음 주 수요일쯤? 실은 내가 수요일밖에 못 와. 알바 하고 학원도 다니느라!"

"알바요?"

"친척이 편의점을 해서. 흐흐흐."

"학원은요?"

"실용음악학원 다니는데, 레슨 시간을 좀 늘려서 괜히 바쁘네. 학교에서 연습하려니까 잘 안돼서 주로 거기서 연습해. 학원 쌤들이 더 잘 봐주는 것 같기도 하고."

그러고는 그녀가 씨익 웃었다. 어디서 알바를 하는지 묻고 싶었지만, 멍하니 그녀를 보다가 묻는 타이밍을 놓쳤다. 버스 정류장까지 같이 갔다. 그러고는 손을 흔들어 그녀를 보냈다.

집에 오자마자 검색창에 〈그것만이 내 세상〉을 쳤다. 연관 검색어로 들국화, 전인권, 박정현, 윤도현, 정준영이 나왔다. 뭐야? 이렇게 많은 사람들이 이 노래를 부른 거야? 우물 안 개구리처럼 난 정말 음악을 몰랐나 보다. 아니, 세상을 몰랐나 보다. 박정현의 목소리로도, 정준영의 목소리로도, 들국화의 보컬 전인권의 목소리로도 들었다.

전인권. 환갑쯤 됐다는데 그 나이에도 노래를 부른다. 대마초 때문에 감옥에 여섯 차례나 갔다 왔고, 폭탄 맞은 머리에 비호감 멘트도 자주 날렸다는데, 목소리만은 묘하게 끌렸다. 썩은 것 같은 목소리인데도, 어떤 울림이 있었다. 핸드폰에 그의 목소리를 담았다.

다음 날 난 피아노 앞에 앉았다. 헤드폰 볼륨을 높이고, 악보에

한 음 한 음 옮겨 적었다. 반주 라인이 그려졌다. 그녀의 목소리가 들리는 듯했다. 전인권의 목소리도 겹쳐졌다.

3

여진 씨도 안 오는 날이고, 합주일도 아니고 해서 평소보다 일찍 집으로 가는 길이었다. 버스 정류장을 지나 '시인과 농부'라는 유기농 가게 앞을 지나가는데 익숙한 목소리가 들려왔다.

"아휴, 더 안 주셔도 되는데……. 식구가 둘뿐이라. 호호호!"

슬쩍 봤다. 헐! 이 여인네가 이런 목소리를 낼 줄이야. 평소보다 한 옥타브 높은 음계에 콧소리를 흥흥거리며, 질펀한 웃음으로 추임새까지 넣어주시는 이분!

이 여인네와 내가 피로 맺어진 관계라는 사실이 부끄러워 걸음을 재촉했다. 열 발짝도 못 가서 뒤통수가 가려워왔다. 뒤를 돌아다봤다. 그 여인이 양손에 짐을 들고, 낑낑거리며 오고 있었다. 핏

줄의 힘인지 경로사상인지 정의감인지 의리인지 인류애인지는 모르겠지만, 나도 모르게 왔던 길로 되돌아가 여인의 짐을 받아들었다.

"아주 그냥 우리 둘이 산다고 온 동네에 소문내시지 그러셔?"

"호호호. 다 먹지도 못할 텐데 자꾸 덤으로 주니까 그런 거지. 그나저나 저분 참 착하다."

뒤까지 돌아보며 말하는 품새에 기가 막혔다.

"그래서 작업이라도 걸려고?"

"어머나, 너, 너무 빈정대는 거 아냐? 사람들끼리 즐겁게 웃으면서 이야기하는 걸 가지고 뭘 작업이라고 생각하니?"

"아, 됐고! 님은 그냥 하나뿐인 아들하고나 즐겁게 이야기하시죠."

오랜만에 엄마와 마주 앉아서 이른 저녁을 먹었다. 식탁에는 감자조림과 계란찜, '시인과 농부'에서 사 온 듯한 두릅과 된장을 풀어놓은 쑥국이 놓여 있었다.

엄마는 두릅을 초고추장에 찍으면서 말했다.

"음, 신선하다. 너도 좀 많이 먹어. 계란찜만 먹지 말고!"

"간섭 마시고, 엄마나 많이 드셔."

"그러지 말고 좀 먹어. 봄에는 나물이 최고라고! 이 나물은 아까 그분이 직접 농사지은 거래. 덤으로 이렇게 귀한 걸 다 주더라고. 호호호."

엄마는 요즘 무슨 이야기를 해도 실실 웃기만 했다. 그러고 보니 엄마의 건망증도 더 심해졌다. 지난주 일요일에는 이런 일까지 있었다.

"하하야, 이따 나갈 때 이 책 들고 가라고 말 좀 꼭 해줄래."

"그냥 생각날 때 가방에 넣어두지."

"그래, 그래야겠다."

그래 놓고는 외출 전에 딴소리를 했다.

"하하야, 책 가져가야 하는데, 아무리 찾아도 없다. 좀 찾아줄래?"

"아까 가방에 넣었잖아."

"어머나, 진짜네! 너 어떻게 알았니?"

뭔가 머릿속에 딴생각으로 가득 찬 게 분명했다. 불안이 목구멍을 점령했다. 숟가락을 내려놓고 넌지시 떠봤다.

"요즘 무슨 일 있지?"

"어? 그렇게 보여? 호호호."

엄마 얼굴이 빨개졌다. 틀림없다. 뭔가 일이 벌어지고 있는 거다!

난 엄마가 이현이네 엄마처럼 완전 아줌마 스타일이거나 영아네 엄마처럼 폭삭 늙어 보였으면 좋겠다. 엄마는 화장도 별로 안 하고, 청바지에 티셔츠 하나만 달랑 입고 다니는데도, 늘씬해선지 아가씨처럼 보였다. 실제로도 엄마는 친구네 엄마들보다 훨씬 젊기도 했다.

엄마의 이름은 효리다. 오효리. 이효리와는 이름 빼고는 닮은 구석이 하나도 없는데, 엄마는 마치 본인이 이효리라고 믿는 듯했다. 누군가 이효리가 멋있다는 이야기를 하면 엄마는 슬그머니 거울을 꺼내 자신의 얼굴을 들여다봤다.

이효리가 화려한 데뷔 무대에 올라 귀엽고 깜찍한 춤을 출 무렵 엄마는 나를 낳았다. 남편도 없이, 부모도 없이, 축복해 줄 친구 하나 없이 미혼모 복지시설에서 탯줄을 잘랐다. 내가 첫울음을 터트렸을 때 엄마도 울었을 거다. 불러가는 배를 감춰야 했던 지난날이 서러워, 앞으로 다가올 예측할 수 없는 날들이 두려워서 꺼이꺼이 울었을 거다.

난 엄마에게 내 반쪽의 생명을 준 생물학적 아빠에 대해 단 한 번도 물은 적이 없다. 가끔은 나의 과거가 몹시도 궁금하지만, 곰곰 생각해보면 지금의 나보다 겨우 서너 살 많았던 사람이 남편도 없이 아이를 혼자 키웠을 때에는 피치 못할 사연이 있었을 거다. 그 사연이 아름다울 확률은 0.00000001퍼센트?

엄마가 약속이 있어 늦게 들어오면 괜히 짜증이 났다.

"오늘 누구 만났어?"

"친구 만났는데, 왜?"

"남자야? 여자야?"

"남자면 어떻고 여자면 어떤데?"

"남자면 안 되지. 자식도 있는 사람이 어딜 아무나 막 만나고 다녀. 학원 끝나면 조신하게 집에 들어와서 밥 차려주고, 내 뒷바라지나 좀 하라고!"

"네가 원하는 게 일 끝나고 바로 오라는 거니, 아님 남자를 만나면 안 된다는 거니?"

"당연히 둘 다!"

"엄마도 모임이 있고 나름의 활동도 있어! 네 삶이 소중한 만큼 내 삶도 중요하다고!"

"어련하시겠어?"

엄마는 나를 노려봤다.

"하하야, 근데 요즘 왜 그렇게 못되게 구는 거야? 꼭 그렇게까지 말할 필요는 없잖아."

"믿음이 가야 말이지. 전깃불 다 켜놓고 나갔더라. TV까지 다 켜놓고."

"치사하게 너 또 딴소리할래?"

치사해도 어쩔 수 없다. 엄마가 조목조목 따지면서 논리적으로 말하면 이길 확률은 거의 없다. 엄마는 나를 낳기 전까지 서울대 수학교육과를 다녔다고 했다. 그래선지 똑똑하긴 엄청 똑똑했다. 하지만 과유불급이라고 했나? 똑똑한 게 넘치면 어설퍼지는 법이다.

내가 배고프다고 말하면, 엄마는 시계부터 봤다.

"어머? 밥 먹은 지 세 시간밖에 안 됐는데! 활동량도 다른 날보다 많지 않았고, 더구나 너는 아까 700 킬로칼로리도 넘게 먹었다고! 혹시 심리적으로 배가 고프다고 느끼는 건 아니니? 뭔가 허전하거나 꿀꿀한 기분이 드는 거 아냐?"

어휴, 뭐래?

내 배는 내가 더 잘 안다. 난 밥을 먹고나서 똥을 쌌을 뿐이고, 그러고 나니까 배가 쑥 꺼졌을 뿐이다. 저렇게 심리가 어쩌고 칼로리가 어쩌고 할 시간이 있으면 밥을 차렸겠다.

"음식이 체내에 쌓이면 좋을 게 하나도 없어. 그냥 한 시간만 참았다가 이따 맛있게 점심 먹자. 응?"

밥 차리기 귀찮으면 귀찮다고 솔직히 말하면 될 것을! 하긴 귀찮을 수도 있겠다. 주부생활을 한 지 17년차가 됐음에도 아직까지 계량 숟가락으로 소금은 몇 그램, 진간장은 몇 시시 해대니! 가끔은 인터넷에서 요리법을 검색하기도 하는데, 엄마는 블로그 중에서 양념 양을 '조금'이나 '적당량'이라고 쓰여 있는 곳은 거들떠도 안 보고 오로지 아라비아숫자만을 원했다.

신발 가게에 가서는 구두를 맞추는 것도 아니면서, 자신의 발 길이는 24.2센티미터에 발볼은 8.1센티미터라고 말했다. 어차피 이 신발 저 신발 다 신어보다가 본인 눈에 제일 예뻐 보이는 것을 고를 거면서 말이다. 또 여럿이 식사를 할 때도 늘 N분의 1을 주장하며 십 원이고 이십 원이고 끝자리까지 정확하게 맞춰서 냈는데, 너무 숫자에 밝으면 쪼잔해 보인다는 것을 엄마는 알랑가 모르겠다.

엄마의 극진한 숫자 사랑이 빛을 발할 때가 있기는 했다. 엄마는 수학 학원을 했는데, 정확한 셈으로 10년 넘게 학원을 운영했고, 노련하게 숫자를 다루고 계산을 하면서 학생들에게 신뢰를 줬다. 학생들은 한번 등록을 하면 수능이 끝날 때까지 웬만하면 안 나갔다. 내가 급하게 용돈을 얻을 일이 있어 가보면, 엄마는 수학을 가르치는 것인지 국어를 가르치는 것인지 사회를 가르치는 것인지 경계를 넘어선 이야기를 줄줄 해대었다. 그래도 수강생들은 지루하지도 않은지 두 눈을 말똥거리면서 열심히 듣고 고개를 끄덕이고 있었다.

엄마와는 무관하게 나의 수학 실력은 별로였다. 내가 제일 못하는 과목이 수학은 아니었지만, 수학 쌤 아들이라고 말하는 순간 엄마가 학원 문을 닫아야 할 정도는 됐다.

엄마와 내가 17년을 함께하는 동안 우리 집에는 많은 사람이 드나들었다. 그중 가장 기억에 남는 사람은 단연 도우미 이모였다. 내가 태어난 지 딱 백 일이 되던 날, 엄마는 나와 백일 사진을 찍는 대신 일을 시작했다. 엄마가 일하러 가면, 난 전일제 보육원에 맡겨졌다. 엄마는 파김치가 되도록 일을 하고 밤 11시나 되어서 보육원으로 날 찾으러 왔다. 그러다 경제적으로 여유가 생기자마자 날 보육원에 보내는 대신 도우미 이모를 데려왔다. 이모는 중국으로 돌아가기 전까지 7년 동안 우리와 함께 살았다. 지금도 가끔 길을 가다가 '아닙다. 괜찮습다. 왜 그럼둥?' 하는 사람들을 보면 불쑥 이모 생각이 나 뒤돌아보게 된다. 이모가 떠나고 얼마 되지 않아, 엄마는 웬 아저씨를 데려왔다.

4

처음 그 아저씨를 봤을 때 정말 깜짝 놀랐다. 양복바지에 와이셔츠를 입고 있었는데, 허리띠 부근에 단추가 풀려 있어, 그 사이로 두툼한 배가 슬쩍슬쩍 드러났다. 엄마가 저런 스타일을 좋아했나 싶었지만 그렇다고 그 아저씨가 싫었던 것은 아니었다.

아저씨가 오기 전까지만 해도 엄마랑 나랑 외출을 하면, "네 누나니?" 하고 묻는 사람이 종종 있었다. 하지만 그 아저씨가 오고 셋이 외출이라도 하면 영락없이 엄마는 엄마처럼 보였고, 우리는 그냥 평범한 가족으로 보였다.

주말이면 보란 듯이 외식을 했다. 패밀리 레스토랑에서 줄도 서 보고, 극장에 가서 영화도 봤다. 집 밖만 나가면 엄마는 아저씨의 팔짱을 꼈다. 엄마는 식당에서 밥을 먹고는 식탁 밑으로 아저씨에게 카드를 내밀었고, 아저씨는 엄마의 카드를 받아 들고 음식 값을 치렀다.

난 엄마의 팔을 툭 치면서 물었다.

"왜 만날 엄마가 계산해?"

"하하야, 매번 엄마가 내는 거 아니야. 세 번에 두 번꼴로 내고 있는 거라고! 우린 두 명이잖아."

엄마는 작은 손거울을 꺼내 화장을 고치면서 말했다. 아저씨는 엄마처럼 학원을 했다. 아저씨는 아이들에게 간식도 잘 챙겨주고, 늘 웃는 얼굴로 아이들을 대한다 했다. 물론 내게도 친절했다. 오래갈 줄 알았는데 싱겁게도 가족 코스프레는 금방 끝이 나고 말았다. 그 일은 어쩜 내 탓인지도 몰랐다.

초등 1학년 때 같은 반 아이들이랑 축구팀을 만들었는데, 그때부터 우리는 일주일에 한 번씩 공을 찼다. 그리고 2학년이 되어서 다른 학교 축구팀이랑 축구 시합을 하게 되었다. 종합운동장처럼 넓은 잔디구장에 많은 아이들과 어른들이 모였다. 엄마는 잔뜩 멋을 냈다. 검은 선글라스를 끼고, 그 아저씨에게도 멋진 옷을 사서 입히고는 그곳에 함께 갔다. 엄마는 밤을 새워 김밥을 말고 샌드위치를 싸고 과일을 보기 좋게 담았다.

드디어 시합을 할 때였다. 경기장 옆으로 엄마 아빠들이 몰려들어 응원하기 시작했다.

"달려. 가만히 있지 말고."

"야, 슛하라고!"

"어! 이놈아, 뭐 해! 공을 봐야지!"

아빠들이 난리가 났다. 금을 넘어 들어오는 아빠까지 있었다. 중간에 심판이 호루라기를 불어 아빠들을 쫓아냈지만, 그 속에 아저씨는 없었다. 아저씨는 그 순간에 엄마 뒤에서 무슨 날씨가 이렇게 덥냐면서 계속 부채질만 하고 있었다.

시합이 끝나고 나오는 길에 엄마는 아무 말도 안 했다. 깊고 깊은 한숨만 쉬었다. 난 우리 팀이 져서 그런 줄 알았다. 내가 한 골도 넣지 못해서 그런 줄로만 알았다.

집에 오자마자 엄마는 아저씨에게 따져 물었다.

"날씨가 그렇게 더웠어요? 다른 아빠들도 다 더웠을 텐데."

아저씨의 눈썹이 갑자기 싹 올라갔다.

"지금 무슨 말을 하려는 거요?"

"박 선생님은 혼자 밥 해 먹는 게 지긋지긋하다고 하셨고, 하하와 저랑 가족처럼 지내자고 말씀하셨어요. 혼자 사는 것보다는 경제적으로 도움이 될 것 같다고 분명하게 말씀하시기에, 그런 조건이 마음에 들었어요. 솔직하기도 하고요. 이 집에 살기 전에 약속했던 것 중에서 제가 가장 중요하게 여겼던 것이 어떤 항목인지는 기억하시죠? 아시다시피 전 하하에게 좋은 아빠가 되어달라고 부탁드렸던 거고요. 선생님은 어렵지 않다고 하셨지요. 그렇다면 아빠 역할을 제대로 하셨어야죠!"

"거참, 제가 하하에게 뭘 못했다는 거요? 나름대로 저도 최선을 다했습니다. 축구 시합이 있다고 해서 학원 시간까지 조정하면서 따라갔고, 가서 가방 들어달라고 해서 내내 들고 다녔고, 사진 찍으라고 해서 사진도 찍었습니다. 제가 기억하기로는 주말엔 하하와 네 시간을 함께 있으면 되는 걸로 알고 있어요. 오늘은 여섯 시간 이상을 하하를 위해 썼습니다. 그런데도 왜 그런 말을 하시는지 모르겠군요."

엄마는 한참을 생각하더니 고개를 끄덕였다.

"제가 선생님한테 진짜로 원했던 건 아빠 역할이 아니라 진짜 아빠였던 거 같네요. 저와 선생님 같은 이런 관계에서는 그런 게 불가능하다는 것을 깨달았어요."

엄마는 조금 울먹이는 것도 같았다. 하지만 이내 평정을 되찾았다.

"어쨌든 오늘 일은 좀 충격이네요. 제가 너무 경솔했어요. 그래서 말인데 전 이쯤에서 우리 관계를 정리했으면 좋겠어요. 헤어지자고 제가 먼저 말한 거니까, 더 드릴 말씀은 없고요. 며칠 내로 짐 정리해서 나가주시면 고맙겠습니다. 특별한 요구사항이 있으시면 말씀하시고요. 세금이나 기타 경비에 대한 문제는 문자나 메일로 협의하는 걸로 해요."

아저씨는 여전히 인상을 쓰고 있었지만 더는 말을 하지 않았다. 아저씨는 다음 날 집을 나갔고 엄마는 열쇠를 바꿔 달았다.

그다음부터 우리 집에는 몇 명의 도우미 아줌마가 거쳐 갔고, 또 엄마의 친구들이 왔다 갔다. 하지만 엄마의 친구들은 모두 아침에 일어나 보면 사라지고 없었다.

그러다 몇 년 전, 아니다! 벌써 5, 6년 전 일이니까 내가 초등학교 5학년 때였다. 일요일 아침, 늦잠을 자고 일어나 별생각 없이 거실로 나왔을 때였다. 나는 너무 놀라 멍하니 있어야 했다. 소파에는 엄마와 웬 남자가 앉아 있었다.

"잘 잤어?"

엄마의 볼은 발그레했고, 남자는 기분 좋은 웃음을 짓고 있었다. 괜스레 엄마는 나를 안았다. 남자는 내 머리를 쓰다듬었다. 난 어쩔 줄 몰랐다. 둘은 행복의 산물인 양 나를 두고 웃었고, 나는 그저 발끝만 보고 있다가 어깨를 들어 올렸다.

"하하야, 너 쑥스럽구나?"

남자도 어깨를 슬쩍 들어 올렸다.

"나도 쑥스럽다. 난 엄마 남자 친구 김호진이라고 해. 만나서 반갑고. 하하야, 잘 부탁한다. 그나저나 오늘 날씨도 좋은데, 우리 놀이공원 갈까?"

"꺅!"

소리를 지른 건 엄마였다. 엄마는 구름 위에 떠 있는 듯했다. 엄마는 남자 옆으로 가 볼에 뽀뽀를 했다. 남자는 엄마를 안고는 피톤치드가 쏟아지는 숲길을 걷고 있는 듯, 두 눈을 지그시 감고 있었다. 톡톡 꽃망울이 터지는 것처럼 웃어대는 엄마 옆에, 한 남자가 그 웃음을 바라보며 미소를 지었다.

심장에다 간까지 벌렁거렸다. 도대체 지난밤에 무슨 일이 있었던 걸까? 갑자기 내 얼굴이 벌게졌다. 엄마랑 눈이 마주치는 게 쑥스러웠다. 난 그들의 뜨거움과 설렘 사이에서 어쩔 줄 몰랐다.

셋이 함께 놀이공원에 갔다. 범퍼카를 타면서 우린 부딪쳤다. 마법의 양탄자를 타고 하늘에 멈춰 있었고, 문어 그네를 타고 세상을 돌았다. 엄마와 남자는 롤러코스터를 탔고, 나는 키 제한에 걸려서 그들이 타는 것을 보기만 했다.

둘은 함께 오르막을 올랐고, 짧은 정상을 지나 순식간에 내리막을 달렸다. 엄마는 소리를 지르고 발을 구르고 눈을 감았다.

언젠가 TV에 개그맨이 나와서 자신이 살아왔던 이야기를 했었다. 자신의 인생은 롤러코스터였다고. 기쁘게 올랐던 최정상에서 떨어졌던 것 또한 한순간이었다면서 내리막의 골이 깊으면 탄성에 의해 올라가는 힘도 더 세어진다는 말을 했다. 그때 난 인생의 롤러코스터 대신, 진짜로 엄마가 롤러코스터를 타던 그 장면이 떠올랐다. 롤러코스터를 타려고 긴 줄을 서면서 엄마는 이렇게 말했다.

"호진 씨, 나 이것 너무 무서운 거 같아. 안 탈래."

난 엄마의 손을 잡아끌었다.

"엄마, 엄마도 타지 마! 나랑 같이 있자!"

하지만 엄마는 내 손을 슬그머니 뺐다.

"하하야, 조금만 기다려. 엄마 빨리 타고 내려올게!"

엄마는 그 남자에게 또 속닥거렸다.

"호진 씨, 너무 무서울 것 같아. 너무 떨려. 내 심장 떨리는 소리 들리지? 그치?"

엄마는 롤러코스터를 타고 사랑의 오르막길을 향해 가고 있었다.

5

밤늦게까지 코피 쏟아가며 공부를 하고 길을 걸을 때도 단어장을 펼치며 중얼거리고, 늘 추리닝을 입고 다니며 턱밑까지 다크서클이 내려와 주시는, 그런 고3들은 어디로 갔을까?

'산마'의 지표 선배는 실용음악과를 가려면 비주얼부터 만들어야 한다며 다이어트를 시작했고, 정건 선배는 곡을 쓰려면 '삘'이 중요하다면서 홍대 앞 여기저기를 기웃거렸다.

나는 아침에 일어나면 핸드폰으로 요일부터 확인했다. 월요일은 여진 씨가 실용음악학원에서 보컬 레슨을 받는 날이고, 화요일은 화성학 수업을 받으실 테고, 수요일! 그래, 수요일은 밴드부에 왕림하시는 날이다. 여진 씨는 아이들이 밴드실을 다 빠져나간 대

여섯 시쯤에야 왔다. 난 아이들이 눈치챌까 싶어 웬만하면 평일에도 늦게까지 남아 있었다. 그러다 수요일이 오면 어김없이 여진 씨를 기다렸다. 그녀가 들어올 문만 바라보면서.

여진 씨는 때로는 토끼처럼 깡충깡충 뛰어올 때도 있었고, 살랑살랑 실바람처럼 스르륵 들어올 때도 있었다. 어떤 모습으로 와도 귀엽고 우아했다. 삼선 슬리퍼를 질질 끌고 들어오는 지영 선배나 교복 밑으로 추리닝을 돌돌 만 우리 반 여자 사람들과는 격이 달랐다.

"어? 오늘도 있네?"

"흐흐. 네, 제가 원래 쫌 늦게 가서요."

늘 묻는 말에 늘 똑같은 대답이었다. 여진 씨는 씨익 웃고는 창문이 있는 첫 번째 방으로 들어갔다. 그 방은 스피커가 있어서 보컬 연습을 하기에 적당했다. 그녀는 자신의 MP3를 스피커에 연결해놓고 연습을 했다. 몇 소절씩 끊어가면서 가수 흉내를 내듯 따라 부르기도 했고, 반주만 있는 곡을 받아, 반주에 맞춰 부르기도 했다. 몇 주째 같은 노래만 불러댔다. 내 심장에 꽂혔던 〈그것만이 내 세상〉은 한 번도 안 불렀다. 기타도 안 치고…….

그러고 보면 이 곡 쳤다 저 곡 쳤다, 심지어는 피아노 위에 놓인 찬송가 책까지 아무거나 두루두루 쳐대는 애는 나뿐이었다. 영아는 입학하고부터 이제껏 만날 같은 곡만 죽어라고 쳐댔다. 뭔 재미로 저러나 싶었다. 하지만 가끔은 불안하기도 했다. 나도 한 곡만 파야 하는 건 아닐까? 그래야 실력이 느는 건가? 나도 영아처럼 쌤들 찾아다니면서 레슨을 다녀볼까?

어휴, 모르겠다. 이런저런 생각을 하면 너무 골치 아프다. 더구나 그녀가 이렇게 가까이에 있는데 그딴 생각으로 황금 같은 시간을 놓칠 수는 없는 법이니까.

지난주 내내 여진 씨와 가까워지는 법에 관한 연구를 했다. 여친 사귀는 법, 상대방에게 호감을 불러오는 법 등에 관해 지식검색도 했다. 자신감을 가져라. 외모에 관심을 갖고, 말투를 부드럽게 해라. 뭐 이런 원론적인 이야기가 대부분이었다. 그래도 그중에는 몇 가지 실용적이면서도 실천 가능한 것들이 있었다. 유행하는 유머를 외워라(단, 지나간 유머는 안 쓰니만 못하다). 먹을 것으로 좋은 기억을 갖게 하라(너무 부담되지 않으면서, 없어 보이지 않게!).

주말에 코미디 프로그램을 보면서 말투를 익혔다. 언제든 여진 씨 말에 유머로 받아칠 수 있도록 몇 번이고 따라 했다. 그러고는 먹을 것을 골랐다. 초콜릿을 살까 생각했는데 너무 들이대는 인상을 줄까 걱정되었다. 그래서 생각해낸 것이 바로 '초콜릿 우유'. 달콤한 초콜릿 맛은 그대로 유지되면서도 특별한 의미는 없어 보이는……. 딱 그 정도 선이 좋을 것 같았다.

미리 우유를 사둘까 하다가 너무 준비된 느낌은 별로일 것 같아서 조용히 나와 편의점으로 갔다.

하나는 내 것, 하나는 그녀 것. 아 참, 없어 보이지 않게 하라고 했지! 우유 하나를 더 살까? 잠시 망설였는데 아무래도 초코 우유 두 개를 내미는 것은 이상할 듯해서 조금 큰 팩의 우유를 골랐다.

'똑, 똑, 똑.'

그녀에게 내밀었다. 오호라, 그녀의 놀라는 얼굴!

"우와! 마침 배고팠는데…….."

그녀는 고맙다면서 살짝 웃어 보였다. 완전 사랑스러웠다.

"선배가 사줘야 하는데 후배한테 얻어먹어서 미안!"

"그런 말 하시면 앙대요! 앙대요!"

"헐! 이거 언제 적 유머?"

그러더니 그녀는 깔깔 웃었다.

"근데 너 엄청 귀엽다. 흐흐."

그녀의 웃음은 멈출 줄 몰랐다. 난 고개를 들지 못했다. 얼른 피아노로 돌아와 미친 듯이 건반만 두들겼다. 얼마나 두들겼으려나? 한참을 그러고 있는데, 누군가 문을 열고 들어왔다. 정건 선배였다.

"어? 아직 안 갔구나!"

정건 선배는 나를 한번 둘러보고는 노랫소리가 들리는 곳으로 가 방문을 두들겼다.

이런! 이건 뭐지?

정건 선배는 합주 연습이 있는 목요일에도 거의 나오지 않았다. 그런데 대체 오늘은 왜 온 걸까? 오자마자 그녀가 있는 방으로 쏙 들어간 것은 무슨 의미일까? 그렇다면 둘이 미리 약속을 했다는 걸 텐데……. 뭐지? 둘이 사귀나?

그들은 이야기를 나누고 있었다. 함께 웃는 것도 같았다. 무슨 이야기를 하는 걸까? 피아노 칠 맛이 뚝 떨어졌다. 더 이상 이곳에 머물고 싶지 않았다.

가방을 싸고 있는데, 마침 정건 선배와 그녀가 방에서 나왔다. 둘은 내가 앉아 있는 피아노로 다가왔다.

"하하야, 잠깐 비켜봐."

정건 선배는 내가 쳤던 피아노를 칠 모양이었다.

"그러잖아도 지금 가려고 했어요."

자존심이 나를 서두르게 했다. 내가 앉았던 자리에 정건 선배가 앉아 피아노를 쳤다. 눈인사를 하고 밴드방에서 나왔다. 정건 선배의 반주에 맞춘 그녀의 목소리가 조금씩 멀어져 갔다.

이현이에게 전화를 걸었다. 그놈은 밴드방에 처음 왔을 때부터 날 괴롭혔던 존재였다. 왜 나에게 그렇게도 관심이 많은지, 내가 입는 옷이나 양말 하나도 궁금해하면서, 내 거랑 똑같은 것을 사려고 했다. 취미는 여자들 평가하기였는데, 평가 기준은 오로지 얼굴과 몸매뿐이었다. 더구나 그런 이야기를 할 때는 꼭 곁눈질을 해가면서 내 귀에다 대고 속닥거리는 바람에 여자아이들이 불쾌해하는 게 내 눈에는 다 보였다. 괜히 나까지 안 좋게 볼까 봐 될 수 있으면 이현이와 거리를 두려고 하는데, 놈은 쥐도 새도 모르게 나타나 늘 내 등짝에 찰싹 붙어 다녔다. 곱슬곱슬한 머리털과 분화구 심한 피부만 아니었어도 적당히 봐줄 만했을 텐데……. 그래도 리듬감은 있는지 이현이의 기타 소리만은 듣기 괜찮았다.

"야, 정건 선배랑 여진 선배랑 사귀냐?"

"누구? 여진 선배? 여진 선배가 누구지?"

"야, 됐다. 누군지도 모르고! 끊어!"

"얼씨구, 갑자기 전화해서 왜 이러는 거야!"

"아, 됐고!"

"뭐가 자꾸 됐다는 거야?"

"됐다니깐! 내일 봐!"

"아놔, 열 받네! 괜히 전화해서 웬 시비야? 알았다. 그만 끊어라!"

혁수 선배한테 전화를 걸었다.

"선배, 혹시 있잖아요, 저……."

"무슨 일이야? 왜?"

"아, 저, 지, 지금 바빠요?"

"왜? 이야기해!"

"혹시 정건 선배 사귀는 사람 있어요? 산마 멤버 중에?"

"왜? 정건 선배 지금 여자랑 있냐? 와! 좋겠다."

"아, 아니요. 됐어요. 그럼 내일 뵐게요. 급한 거 아니에요. 내일 합주 때 봬요."

"야, 너 미쳤냐?"

"……."

"알았어. 그럼 내일 봐!"

싱거운 놈이 되어버렸다. 이현이와 혁수 선배하고 통화를 해도 좀처럼 나아진 것이 없었다. 정건 선배의 훤칠한 키와 짙은 눈썹만이 눈앞에 왔다 갔다 했다. 선배가 나보다 훌륭한 건 그것뿐인데. 여자들 눈에는 그것만 보이나? 여자들 눈이 삐었나? 아니, 그녀도 눈이 삐었나? 왜 그런 놈을 좋아할까?

아, 아니다. 흥분하지 말자. 좋아하는지 그저 친구인지 그건 아직은 모른다. 오하하, 워워!

후, 후, 후, 4분의 4박자 온쉼표로 마인드 컨트롤을 했다. 좋은 쪽으로 생각하려고 했다.

'동기들끼리 만나서 이야기도 하고 노래도 할 수 있는 거지, 뭐!'

'쳇, 웃기고 있네. 아무리 동기라고 해도 둘이서만 시간 정해서 만나는 거 좀 수상한 거 아냐? 더구나 정건 선배가 밴드실에 잘 오지도 않는데! 심지어 합주 때도 안 오는데!'

내 마음속에서 전쟁이 시작되었다.

6

이현이는 충격적인 말을 내뱉었다.

"야, 어제 네가 물어본 여진 선배라는 사람 혹시 그 전설의 문어 다리 아냐?"

"전설의 문어 다리라니?"

"양다리를 넘어서 여덟 명까지 가능하다는……."

"뭐?"

"그러니까 그 여진 선배라는 사람, 한둘도 아니고 여덟 명까지도 동시에 사귄다는 그 선배 아니냐고?"

갑자기 숨이 탁 막히고 심장이 두근거렸다.

"이게 근데! 야, 입 닥쳐!"

"뭐야? 오하하, 너 왜 흥분해? 너 혹시?"

이현이는 내 표정을 보고는 이마를 짚었다. 그러고는 고개를 까닥하면서 내 어깨에 손을 얹었다.

"하필 왜 그런 문어한테 걸리든 거야? 얼렁 마음 접어라. 괜히 빨판으로 네 심장을 확 잡아끌기 전에."

"여진 선배가 문어 다리라는 걸 네가 어떻게 알아? 여진 선배는 전혀 그런 스타일이 아니거든!"

이현이는 하늘에 대고 기도를 했다.

"오, 신이시여! 이 중생이 깊은 병에 걸렸나 봅니다. 병이 더 깊어지기 전에 이 어린 인간을 얼른 구하소서!"

이현이 자식을 한 대 패주려다 말았다. 가방을 둘러메고 휙, 합주실을 나왔다.

"야, 오하하 어디 가! 오늘 합주일이야. 합주일!"

이현이가 등 뒤에서 나를 불러댔지만 뒤돌아보지 않았다.

'사실일까? 아닐까?'

숱한 물음표와 숱한 대답이 내 마음에 가득했다. 이현이의 말이 떠올랐다.

'얼렁 마음 접어라.'

사실이든 아니든 그래 그만 접자. 그녀의 웃음, 분위기 있는 목소리, 무지 예쁜 얼굴과도 이제 그만 안녕 하자. 살짝 넘어가던 뒷

머리도 가슴을 울려주던 그 노래도 모두 안녕 하고 또 안녕 하자. 더 생각하지 말자. 집에 가자마자 드러누웠다. 그리고는 자버렸다. 억지로!

다음 날 학교에 갔다. 어제 하늘이랑 오늘의 하늘은 다를 바 없었다. 버스 타고 지하철 갈아타고 학교로 가는 길도 다를 바 없었다. 다만 수업 시간은 지독히도 재미없었고, 이현이가 건네는 말들은 미치도록 짜증이 났다.

반찬이 조금씩 다른 것 빼고는 급식도 평소와 다를 것도 없었는데, 넘어가지 않았다. 대충 먹고 복도에 나와 창밖을 내다보는데, 이상하게 한숨이 나왔다. 그때 이현이가 숨을 헐떡이면서 내 어깨를 툭 쳤다.

"야, 하하야! 큰일 났다. 이따 수업 끝나고 선배들이 집합하래."

이현이의 호들갑은 늘 있는 일이었다.

"그래서?"

"야, 장난 아니라니까! 진짜라고! 어제 합주 연습할 때 우리 기수 아무도 안 왔다고 선배들 열 받았어!"

"넌 갔잖아."

"나 빼고 아무도 안 왔다고! 청원이, 수영이, 혜민이하고 은규도 안 왔어."

"걔네는 원래 잘 안 나왔잖아."

"그래도 번갈아가면서 나와줬는데……. 넌 만날 잘 나오다가 하필 왜 어제 그냥 가버린 거야!"

이현이가 날 툭 치면서 구시렁거렸다. 내가 슬쩍 노려봤더니, 저 혼자 목소리를 높였다.

"하긴, 솔직히 합주하러 가면 뭐하겠냐? 만날 저희끼리 연습하고 우리는 심부름만 하는데! 그러니 누가 가고 싶겠냐고? 안 그래?"

우리는 5월이 다 되어가는데도 아직 무대 한 번 서보지 못했다. 가끔 길거리 공연이나 다른 학교 축제 때 '산소마이크'가 무대에 서기는 했지만, 1학년 중에는 일렉 기타를 치는 이현이만 딱 한 번 무대에 섰을 뿐이었다. 그것도 오기로 했던 정미 선배가 안 와서 땜빵으로!

우린 주로 공연장에서 선배들의 짐을 들어주고, 엉킨 마이크 줄을 풀어주는 일을 했다. 함께 가입했던 아이가 모두 여덟 명이었는데, 그중에 두 명은 일찌감치 그만뒀고 이현이와 나를 제외한 네 명은 시들시들 오는 둥 마는 둥했다. 산소마이크에 가입한다고 했을 때 영아가 말렸던 기억이 떠올랐다.

"거기 가면 선배들이 많아서, 군기가 엄청날걸?"

"군기? 군기가 어때서! 박박 기면서 선배들한테 배우는 것도 좋은 거라고! 나 같은 성격은 열심히 하라고 막 시키면 하는 스타일이라서 그런 것도 필요해!"

영아가 말하는 군기라는 건 별로 없었다. 오히려 선배들은 너무 무관심했다. 우리가 와도 별로 반기는 것 같지도 않고, 집에 간다고 해도 잡지도, 뭐라고 하지도 않았다. 그러다 집합하라고 하니 너무 뜬금없었다.

이현이와 함께 밴드방으로 갔다. 선배들이 벽에 쭉 기대서 있었다. 악기들도 미리 옮겨뒀는지 벽 쪽에 밀려 있었다. 중앙에는 우리 동기들만 고개를 숙인 채 서 있었다. 나와 이현이도 중앙에 가 섰다. 신입생 환영회 때에도 안 왔던 선배들까지 와서, 족히 스무 명은 넘어 보였다.

지표 선배는 마이크 스탠드를 손에 쥐고 있었다.

"너희들 지금 밴드가 장난이야? 합주가 장난이냐고! 여기가 놀이터야? 오고 싶으면 오고 가고 싶으면 가고! 5월밖에 안 됐는데, 이것들이 빠져가지고는! 우리가 아주 우습게 보이지? 얼차려 한 번 안 주고, 니들이 하자는 대로 다 해줬더니만. 합주 날인데 한 명이 와? 산소마이크의 명성이 그냥 나온 줄 알았냐? 우리 때는 선배들이 뭐든 시키면 하고, 연습하라면 하고, 약속 시간은 칼같이 지켰어. 근데 이게 뭐야? 전부 엎드려!"

여자아이들이 쭈뼛거렸다. 난 얼른 엎드렸다. 이현이는 슬금슬금 눈치만 보다가 그제야 엎드렸다.

"어쭈, 동작 봐라. 일어서!"

'일어섰다 엎드렸다'를 반복했다. 서른 번쯤 했을 때 지표 선배가 갑자기 소리를 질렀다.

"야! 거기 뭐야? 너 왜 안 해!"

엎드린 채 고개를 들었다. 베이스 치는 청원이었다.

"선배님, 저 산마 탈퇴하겠습니다."

"뭐? 이게 근데!"

지표 선배가 청원이 옆으로 다가갔다. 여자 남자 할 것 없이 모든 선배가 벽에서 떨어져 나와 청원이 주변을 왔다 갔다 하며 으르렁거렸다.

"넌 내가 아주 우습지?"

지표 선배가 마이크 스탠드를 들고 팔을 치켜들자 정건 선배가 말렸다. 정건 선배는 우리를 둘러보면서 차분하게 말했다.

"좋아, 지금이 마지막 기회야! 너희 중에 그만두고 싶은 사람 있으면 지금 빨리 나가! 어서!"

청원이는 조심스럽게 가방을 들더니 밖으로 나갔다. 청원이가 나가자 혁수 선배와 몇몇 선배가 따라나섰다. 청원이가 걱정되었다. 얻어맞는 것은 아닐까? 괜히 일이 커져서 쌤이라도 오게 되는 건 아닐까? 하지만 청원이를 걱정하는 것도 잠깐뿐이었다. 선배들은 먹잇감을 찾는 하이에나가 되어 있었다. 으르렁거리며 미친 듯

날뛰었다. 누구라고 할 것도 없었다. 욕이 여기저기서 날아다녔다.

"너희는 그냥 남는다 이거지? 그럼 똑바로 해. 어라? 동작 뜨는 거 봐라. 엎드려!"

그때였다. 어디선가 조용한 목소리가 들려왔다. 차갑고 단호했다.

"그만해!"

그녀였다.

"11기 모두 일어나!"

순식간에 조용해졌다. 우린 쭈뼛거리면서 일어났다. 그렇게 들끓던 선배들도 마치 찬물을 맞은 듯 조용해졌다. 선배들 숨소리만 씩씩거릴 뿐이었다. 그녀는 선배들에게 다가가 뭐라고 이야기를 했다. 그러고는 우리를 향해 다시 말했다.

"11기! 어서 가. 가방 들고!"

우리는 서로의 눈치를 보면서 가방을 챙겼다. 그러고는 서둘러 방에서 나왔다. 밴드방에서 나오는 길에 청원이를 봤다. 청원이는 빳빳이 고개를 들고 있었고 그 주위로 선배들이 에워싸고 있었다. 혁수 선배의 날카롭고 사나운 소리만이 들릴 뿐이었다.

청원이를 기다릴까 했는데 이현이가 날 잡아끌었다.

"얘들아, 우리 롯데리아에 가서 이야기 좀 하다 가는 건 어때? 청원이한테는 문자 넣어서 그리로 오라고 하고!"

아이들 얼굴은 모두 벌겋게 달아올라 있었다. 모두들 고개를 끄덕였다. 롯데리아로 가는 길에 우리는 이야기를 나눴다.

"방금 그 여자 선배가 여진 선배지? 와, 진짜 멋있더라. 다른 선배들 봤어? 여진 선배 오니까 아무 말도 못 하고……. 똥 씹은 표정이던데!"

"어머! 선배라고? 그 사람이 선배였어? 난 선생님인 줄 알았어. 갑자기 완전 조용해지던데!"

혜민이 말에 모두 킥킥거렸다. 그러고 보니 동기들끼리 이렇게 모여서 이야기 나눈 것도 참 오랜만인 듯했다. 학원도 약속들도 다 빼먹어가면서 우린 이야기를 나눴다. 하지만 청원이는 끝내 롯데리아로 오지 않았다. 우린 그녀의 정체에 관해 이야기를 나눴다. 왜 선배들은 그녀에게 아무 말도 못 한 걸까? 그녀가 자주 오는 것도 아니고, 그렇다고 무대에 서는 것도 아닌데.

'아빠가 혹시 학교 이사장 아냐? 어쩌면 조직의 보스일 수도!'

우리는 대충 이런 결론을 냈다. 그러고는 그간 '산마'를 하면서 쌓아두었던 이야기들을 풀어놓기 시작했다. 무대에 서지 못해서 열 받았다는 이야기, 합주에 오기 싫었던 이유, 산마를 그만두겠다는 결의, 정건 선배는 합주에도 안 나오면서 무대에만 선다는 뒷담화와 몇 달 동안 실력이 하나도 안 늘었다는 걱정, 청원이는 왜 그렇게 눈치가 없냐는 말까지 나왔다. 아이들과 이런저런 이야기를 나누는 동안 잠시 그녀를 잊었다. 오랜만에 깊은 집중이었다.

집으로 돌아오는데, 이현이가 내 귀에 속닥거렸다.

"야, 너 눈 높더라! 여진 선배 진짜 예쁘던데. 분위기도 완전 죽이고! 몸매가 딱 예술이야. 손가락 가는 거 봤냐?"

처음으로 이현이가 괜찮게 느껴졌다. 흐뭇하게 그녀가 떠올랐다. 그녀에 관해 알게 된 새로운 사실 두 가지. 첫째, 그녀는 절대 미인이라는 것! 둘째, 적어도 이사장 집 딸만큼 존재감 있는 존재라는 것.

7

집에 왔다. 역시 엄마는 없었다. 중간고사 기간이 얼마 남지 않아 바쁜 모양이었다. TV를 틀어놓고 소파에 드러누워 핸드폰만 만지작거렸다. 오지랖 이현이에게 문자를 보냈다.

청원이한테 연락해봤냐?

문자 씹던데? 나도 열나 궁금타. ㅠㅠ

내말이ㅋ 그나저나 여진 선배는 어떻게 된 거냐?

궁금해요? 궁금하면 500원. ㅋㅋㅋ

이현이를 믿은 내가 바보지. 이런저런 생각을 하다가 그만 잠이 들었다. 11시 넘어서 엄마가 깨웠다.

"하하야, 여기서 자면 어떡해. 어서 들어가서 자라!"

일어나 내 방으로 건너오려다 식탁에 앉아 물을 한 잔 따라 마셨다. 엄마는 옷도 안 갈아입고 베란다로 나가더니 날 불렀다.

"하하야, 이것 좀 봐."

베란다 바닥에는 못 보던 스티로폼이 가득했다. 그 안에는 이름 모를 풀들이 심어져 있었다.

"웬 풀?"

"어이구, 이게 어떻게 풀이니? 이건 고춧잎이고, 이건 콩잎이고, 이건 토마토, 이건 상추야."

"엥? 농사짓게?"

"뭐 농사? 모종 얻어다가 심은 걸 가지고 뭔 농사야! 잘 가꿔서 먹으려고 그러는 거지. 어때, 재미있겠지?"

"재미로 이런 걸 키운다고?"

"하루하루 커가는 것 보면 얼마나 재미있는데. 내가 가꾼 걸 직접 먹을 거니까 몸에도 좋고! 너무 멋지지 않니?"

"언제부터 웰빙이래? 뭐가 멋진지는 모르겠지만 잘해봐. 괜히 물 안 줘서 죽이지 말고!"

"그래야지."

베란다에서 나와 식탁으로 가 앉았다. 엄마가 참외와 딸기와 맥주를 내왔다. 신선한 과일을 먹으니 잠이 확 달아났다. 낮에 있었던 일들이 마치 아득한 옛날 일처럼 느껴졌다. 엄마는 맥주를 서둘러 마셔댔다. 그러고는 TV를 끄고 스팅의 음악을 틀었다.

"노래 좋지? 아까 라디오에서 들었는데, 옛날 생각나더라. 대학 1학년 겨울이었나? 2학년 초봄이었나? 그때 처음 들었던 〈Angle eyes〉라는 노래야. 군대 갔다 온 선배 중에 차가 있는 선배가 있었는데, 우연히 그 차를 얻어 타게 됐거든. 근데 그 선배가 이 음악을 트는 거야. 눈이 내릴 것 같은 흐린 날이었는데, 갑자기 나도 모르게 눈물이 뚝 떨어지잖아. 주책없게도 말이지."

"그래서?

"뭐가 그래서야. 그렇다는 거지"

"혹시 그 사람, 나랑 관련이 있는 인물이야?"

엄마는 대답은 않고 맥주를 한 모금 들이켰다.

"간혹 어떤 알 수 없는 감정들이 공중에 떠 있는 듯한 느낌이 들 때가 있어. 그게 어떤 건지는 정확하게 표현하기 어려운데, 스팅의 목소리를 들으면 그런 느낌이 들거든. 목소리에 입체감이 느껴져. 가사와 분위기는 이별을 이야기하는데, 여기저기 떠다니는 것들은 그리움, 아쉬움, 안타까움 같은 사랑의 감정인 거야. 이중적인 감정이라고 해야 할지, 감미로우면서도 슬픈 서정이라고 해야 할지……. 아무튼 그때 분위기가 가끔 생각나. 음악은 그런 거 같아.

이렇게 시간을 훌쩍 뛰어넘게 하는 뭔가가 있어."

엄마는 모든 불을 끄고는 촛불을 켰다. 그러고는 순식간에 맥주 한 캔을 다 마시고는 또 한 캔을 땄다.

"천천히 좀 마시지?"

"캬! 맛도 좋고 분위기도 좋고 기분도 좋고!"

"얼씨구!"

한 모금 훌쩍 따라 마시려다 엄마랑 마주 앉아서 술을 먹고 싶지는 않아 관뒀다. 스팅 음악이 끝나자마자 엄마는 다른 질문을 쏟아 놓았다.

"그건 그렇고, 학교에서 재미있는 일은 없었어?"

오늘 있었던 이야기를 할까 말까 망설였다. 근데 입이 근지러운 것도 사실이었다.

"산마 선배들이 집합시켰어."

"집합? 진짜?"

엄마는 꼴깍 맥주를 삼켰다.

"요즘도 그런 게 있어? 흐흐흐."

엄마는 등받이에서 엉덩이를 떼고는 식탁 쪽으로 바짝 다가왔다.

"웃을 일 아니거든. 엄청 살벌했다니까."

엄마는 턱을 괬다. 그러더니 눈을 가늘게 뜨고는 심각한 표정을 지었다.

"자세히 얘기해봐. 장난이 아니었구나! 맞았니?"

"맞지는 않았어."

정건 선배와 청원이 이야기, 그리고 마지막으로 그녀의 등장까지 이야기를 쏟아냈다.

"여진이라는 선배 멋있었겠다. 완전 정의의 기사인데?"

"그러게. 이현이도 멋지다고 하더라. <u>흐흐흐</u>."

"너 근데 왜 이렇게 좋아해? 혹시 너 여진 선배 좋아하는 거야?"

"좋아하긴 누가?"

"얼굴 빨개지는 거 보니까 그런 거 같은데? <u>흐흐흐</u>."

"아니라고!"

엄마는 딸기의 꼭지를 따고는 입에 넣었다.

"아니면 말고! 근데 하하야, 왜 남자 선배들이 그렇게 여진 선배 말을 잘 듣는 거야? 여진 선배한테 다들 약점 잡힌 거 있나?"

"뭐? 약점은 무슨? 그게 말이 돼? 예뻐서 그런 거겠지!"

"치, 아무리 예뻐도 그렇지! 아! 알았다. 내 생각에는 선배들끼리 짠 거 같아. 말하자면 기합을 어떤 식으로든 끝내야 하는데, 끝내는 방법을 모르는 거지. 그래서 짠하고 여진이가 나타나서 말리는 거야. 어때?"

"헐! 여진 선배가 무슨 연극배우인 줄 알아?"

"그래야 자연스럽게 끝날 수 있잖아. 말리는 사람이 있어야 싸움이 끝나는 것처럼, 만약 더 흥분하고 또 세게 이야기하고 혼내다가는 누군가 다칠 수도 있고, 다시 안 볼 것도 아닌데 너무 험하게 할 수도 없고 하니까. 괜히 시끄럽게 했다가 선생님들이 올 수도 있고!"

기가 막혔다. 어쩜 저런 생각을 할 수 있지?

"그러면 선배들도 다 여진 선배 역할을 하고 싶어 했겠지. 누가 악역을 맡고 싶어 하겠어? 어휴, 정말 짜증 나게 한다니까. 잘 알지도 못하면서!"

식탁에서 벌떡 일어났다. 촛불을 '훅' 불어 끄고는, 형광등을 모두 켜버렸다.

여진 선배의 순수함과 정의로움을 한순간에 무너뜨리다니! 더구나 선배들이 그렇게 치밀할 리가 없다. 대한민국 청소년들이 그렇게 계획적으로 뭔가를 했다면, 우리에게는 희망찬 세상이 곧 열릴 것이다. 아니 대한민국 청소년들을 몰라도 너무 모르는 거지, 그래놓고 무슨 학원 쌤을 한다고!

엄마는 늘 이런 식이다. 세상의 모든 일들은 음모와 계획을 가지고 있다고 믿고 산다. 그렇게 믿는 건, 모든 세상 사람들이 다 엄마와 같은 줄 알기 때문일 거다. 엄마처럼 매사를 미리 계획하고, 잔머리 굴리고, 다음 일들을 예상하는 사람들이 몇이나 될까? 그 예상이나 짐작들이 잘 맞기나 하면 뭐라고도 안 한다. 옆에서 지켜본 결과, 그것들이 맞을 확률은 잘 해봐야 오십 퍼센트. 심지어는 중요한 순간 백 퍼센트 틀리기도 한다. 그 대표적인 사건이 바로 호진 씨와 있었던 일이었다.

엄마가 롤러코스터를 타고 하늘을 오르고 난 후, 오래지 않아 호진 씨와 우린 한집에 살았다. 엄마와 호진 씨는 정말 한시도 떨어질 줄 몰랐다. 엄마는 오래도록 붙어 있고 싶다면서 가끔 학원 문도 못 열었고, 엄마가 다니던 헬스클럽의 PT 강사였던 호진 씨는 직장을 하도 많이 빠져서 더는 그곳에 다닐 수 없게 되었다. 물론 두어 달 후에 다시 일자리를 구하기는 했지만 말이다. 학부모나 학생들의 원성에 못 이겨 마지못해 나갈 때면, 엄마는 마치 머나먼 곳으로 떠나는 사람처럼 안타까워했다.

"호진 씨, 금방 수업 끝나고 올게. 조금만 기다려줘!"

"효리 씨, 얼른 갔다 와. 빨리 와야 해!"

엄마는 학원이 끝나기 무섭게 집으로 달려왔고, 호진 씨는 그새를 못 참고 학원에 데리러 가곤 했다.

"효리 씨, 우리 절대 헤어지지 말자!"

"걱정 마. 내가 먼저 헤어지자고는 안 할 거야! 호진 씨가 헤어지자고만 안 한다면 말이야! 확실해. 백 퍼센트 장담할게!"

하지만 엄마의 예상과 계획은 틀렸다. 확실히 백 퍼센트!

둘 사이에 누가 먼저 손을 내밀었는지는 알 수 없지만, 잡은 손을 뺀 것은 엄마였다. 엄마는 호진 씨에게 그만 헤어지자고 했다. 그만 살자고도 했다. 자기가 한 말을 백 퍼센트 장담하겠다던 엄마였다. 하지만 그건 거짓말이었다. 엄마는 자신의 감정도 계획대로 못 다스리는 사람이다. 그래 놓고는 무슨 다른 사람들의 의도나 계획을 읽어내려 한단 말인가!

8

띠링! 12시가 넘었는데 단체 톡이 왔다. 청원이었다. 청원아, 괜찮아? 모두들 물었다.

^^ 지금은 모~ ㅠㅠ 근데 나, 산마 탈퇴 안 하려고. ㅋㅋ

진짜?

잘 됐네. ㅋ

무슨 일 있었던 거 아니고?

아, 아니! 별일은 없었어. 몇 대 맞은 거? ㅋㅋㅋ

헐ㅜ 진짜?

나 혁수 선배한테 사과받기 전에는 탈퇴 안 하기로.

허, 헉!

어, 어떻게?

잉?

모두들 물음표를 날렸을 때 청원이가 대답했다.

혁수 선배 괴롭히면서 다니려고! ㅋㅋㅋ

헐. ㅠ

가능해?

그러다 네가 상처받아! ㅜㅜ

이런 ㅠㅠ

나도 몰라. 암튼 그러고 싶어졌어. 나 나중에 잘돼서 혁수 선배 밟을 라고! ㅋㅋㅋㅋ 그래서 하는 말인데, 우리끼리 일주일에 한 번씩 합주하는 거 어때?

한참 동안 아무도 답을 안 달았다. 고민하다가 조용히 문자를 넣었다. 혁수 선배가 밉다기보다는 청원이가 너무 힘들 것 같다는 생각이 들었다. 더구나 어떤 이유가 됐든 우리끼리 일주일에 한 번씩 합주를 한다는 데는 찬성이었다.

나, 같이할게.

나두.

콜.

기타 치는 혜민이와 드러머 은규였다.

난 일단 고민중 ㅠㅠ 산마를 탈퇴할까 고민 중. ㅠㅠ

보컬을 맡은 수영이었다. 이현이는 아무 답이 없었다.

이현이는 어떻게 할 거니? 난 네가 같이했으면 좋겠는데……

치사한 놈, 아무 말이 없다. 그래서 그냥 내가 답했다.

이현이도 같이할 거야. 그런 줄 알아. ㅋㅋㅋ

하하야 고맙^^ ㅋㅋ

야! 나한테 고마워해야지. 왜 하하한테 고맙다고 하는 거냐? ㅜㅜ

이현이 말에 청원이가 답했다.

ㅋㅋㅋ 그런가? 암튼 자세한 이야기는 내일 만나서 이야기하자. 그래 그럼 모두 잘 자. 바잉

모두에게 '잘 자라'고 밤 인사를 돌렸지만 정작 나는 잠을 이루지 못했다. 잠깐 잤던 잠 때문인지, 충격적인 그녀의 등장이 떠올라선지, 선배들의 얼차려 때문인지, 눈을 감아도 잠이 오지 않았다. 이리저리 뒤척이다 새벽을 맞았다.

자리에서 일어나 일렁이는 듯한 가슴에 비누칠을 하고 엉클어진 머리를 감았다. 툴툴 머리를 말리고 화장실에서 나왔는데, 드라이기 소리에 깼는지 엄마가 아침밥을 차리고 있었다.

"웬일로 안 깨워도 일어나? 밤 새운 거야?"

"웬일로 아침을 다 차려줘?"

"어머, 얘! 내가 언제 아침을 안 차려줬다고 그러니! 빵이든 뭐든 주긴 줬잖아!"

엄마는 국을 내오면서 밥을 퍼 줬다. 콩나물국에 밥을 말아 한 술 떴다. 잘 넘어가지는 않았지만, 짭조름한 맛은 그런대로 괜찮았다. 집을 나서는데 엄마가 내 얼굴을 빤히 봤다.

"너무 일찍 가는 거 아냐? 무슨 일 있는 건 아니지?"

고개만 끄덕였다. 그러고 보니 아무 일도 없었다. 약간의 사건이 있었을 뿐인데 정리되지 않은 마음만 이리저리 흔들렸다.

시간도 넉넉하고 해서 지하철 대신 버스를 탔다. 7시도 안 됐는데 날은 이미 밝아 있었다. 672번을 타고 연대 앞까지 가서 버스를 한 번 더 갈아탈 생각이었다. 버스의 맨 끝자리에 앉아 창문을 열어두었다. 선선한 바람을 타고 성산대교를 지났다.

한강 선착장에 오리배들이 있었다. 오리배들이 모두 문어 머리로 보이고, 문어 머리라고 생각하니 또 문어 다리라는 말이 떠올랐다. 진짜 문어 다리일까?

사실인지 아닌지도 모르는 말 때문에 신경 쓸 것 없다는 생각 하나와 사실일지 모르니 마음을 닫으라는 생각 하나. 사실이든 아니든 부딪혀보라는 생각 하나. 그냥 마음 가는대로 내버려두라는 생각 하나.

공기가 들어가지 못하도록 꼭꼭 봉인해두었던 잼이 뚜껑을 돌리자마자 '펑' 소리를 내면서 터지는 것처럼 한번 떠올린 그녀 생각은 쉬지 않고 쏟아져 나왔다. 그녀를 잊겠다던 마음, 접었던 마음이 하루 만에 퉁퉁 불은 채로 다시 펼쳐져 버렸다.

그녀, 그녀, 그녀……

그러다 그만 버스는 내가 내려야 할 연대 앞을 훌쩍 지나쳤다.

머리통을 쥐어박았다.

"난 진짜 멋진 놈이다. 난 진짜 정말 멋진 놈이다."

숱한 반성을 끝내고 다음 정거장에서 내려, 학교 가는 버스 노선을 훑었다. 다행히 한 번에 가는 버스가 있어 갈아탔다. 몇 정거장 지났는데, 이현이가 올라탔다.

"야! 너 어디서 오는 거야? 너 왜 이 버스 탔어?"

이현이는 나를 보고 놀란 듯이 내 귀를 잡아당겼다. 순간 간밤의 피로가 짜증이 되어 몰려왔다.

"아, 몰라!"

이현이의 손을 쳐내고는 창밖만 내다봤다. 버스 너머로, 쌩쌩 지나는 차들 너머로 가로수 잎이 초록을 드러내고 있었다. 서대문을 지났을 때, 운명처럼 그녀가 서 있었다. 그녀는 버스를 기다리는 듯했다.

"타라, 타라, 타라!"

주문을 외웠지만 운명은 딱 거기까지였다. 그녀는 우리가 탄 버스에 오르지 않았다. 이현이는 날 보다가 내가 보는 사람을 봤다. 그러고는 한마디 쏘아붙였다.

"얼씨구, 눈에서 레이저 나오겠다!"

레이저가 나오든 하트 천만 개가 나오든 난 모르겠다.

"여진 선배 만날 여기서 타냐?"

이현이에게 심각하게 물었다.

"나도 오늘 처음 봤다. 둘이 혹시 만나기로 한 거야? 너도 이쪽으로 안 다니고, 여진 선배도 처음 본 것 같은데…… 음, 아무래도 수상한데?"

"뭔 소리야? 난 전번도 모르거든!"

난 이미 다짐했다. 이 길이 얼마나 돌아가는 길이든 간에, 내일부터는 이 길로 다닐 거다. 그녀를 보는 순간 그녀와 이야기를 나누고 싶다는 마음이 끓어올랐다. 할 말이 뚝 떨어질 때까지 이야기해보고 싶었다. 보고 싶은 마음이 사라지도록 실컷 봤으면 좋겠다.

이현이를 뒤로하고 다음 정류장에서 급하게 내렸다. 한 정류장을 되돌아갔다. 그녀가 서 있을 정류장을 향해 달렸다. 하지만 그녀는 이미 사라지고 없었다. 한참을 두리번거리다 몇 대의 버스를 놓치고, 패잔병이 되어 교실로 들어갔다. 이현이가 내 뒤통수를 쥐어박았다.

"아주 영화를 찍는구나!"

그러고는 이런 말을 했다.

"내가 번호 따줄 테니까 한번 연락이나 해봐."

"됐어. 따도 내가 직접 딸 거야!"

적어도 마음만은 그러했다.

'산마'에 대한 소문이 교실을 뒤덮고 있었다. 영아가 내 옆에 다가와 물었다.

"어제 너희 집합했다면서? 그럼 이제 어떻게 되는 거야?"

"나도 몰라! 그걸 내가 어떻게 알아."

영아는 더 바짝 내게 다가왔다.

"그러게, 처음부터 내가 산마 들지 말라고 했잖아."

"알았다고!"

적절한 대답을 찾지 못했을 뿐이었다. 갑자기 영아가 내 의자를 밀쳤다.

"뭘 알았는데?"

"어?"

"야, 오하하! 너 정말 너무하는 거 아냐?"

영아는 날 노려봤다. 그러고는 내 말이 끝나기도 전에 가버렸다.

"야, 영아야! 박영아! 너 갑자기 왜 화를 내고……."

멍하니 영아의 뒷모습만 바라봤다. 쟤는 또 왜 저러는 걸까? 영아는 내 마음에 슬쩍 돌덩이 하나를 얹어놓았다. 돌은 굴러다니며 신경을 건드렸다. 문득문득 날 예민하게 하면서.

점심시간에 혁수 선배한테 단체 문자가 왔다. 이모티콘 하나 없는 아주 딱딱한 문자였다.

(공지) 11기 수업 끝나고 밴드방으로.

단체 문자 덕에 우리 기수는 청원이 주위에 모여 이야기를 나눴다. 어제와 같은 이야기만 맴돌 뿐이었다. 그러다 한 가지 결론을 냈다. '함께 모여서 밴드방으로 가자.' 아주 단순하고 별거 아닌 결론에도 20분은 족히 걸렸다. 수업 끝나고 꾸물거리는 수영이와 혜민이를 기다려, 밴드방 문 앞에 섰다. 우린 숨을 죽였다. 이현이가 문을 열고, 이현이 뒤만 따라 들어섰다. 그런데 방에는 아무도 없었다. 하얀 칠판에 몇 가지 메모만 있을 뿐이었다.

〈긴급 전체 공지〉

내일(금) 회의 있습니다. 산마 임원단과 11기들 한 사람도 빠짐없이 참가 바랍니다. (불참 시 탈퇴로 간주함)

장소 : 밴드방

시간 : 오후 5시

쩌억 하고 입이 벌어졌다.

"아니, 이럴 거면 문자로 하지. 완전 열 받아!"

"우리를 가지고 노는 거야 뭐야? 너무한 거 아냐? 완전 질렸어. 나 탈퇴하기로 결정!"

보컬을 맡은 수영이가 입술을 삐죽 내밀고는 어깨를 들썩이면서 가버렸다. 건반 혜민이도 발을 동동 구르더니 수영이를 따라

나갔다. 드러머 은규는 피식 웃고는 핸드폰만 만지작거렸다. 청원이가 은규의 어깨를 치며 말했다.

"오늘 같은 날, 선배들 얼굴 보면 주먹 나갈 것 같다. 야, 얼른 여기서 나가자!"

넷은 함께 밴드방을 나왔다. 은규는 버스 정류장에서 뒤도 안 돌아보고 제 집으로 가는 버스에 올랐다. 청원이도 별말 없이 버스에 올랐다. 이현이와 나는 피시방으로 향했다.

9

11기와 임원단이 만났다.

"보다시피 밴드방도 너무 지저분하지 않니? 지난주에 작은 방에 껌 껍질이 있던데, 지금까지도 그대로더라. 저번에 옆 학교 공연에 갔을 때, 너희 여자아이들 중에 같이 온 사람 있어? 공연을 할 때는 다 같이 가야 하는 거 아냐? 그러니까 드럼 스틱도 잃어버리게 되고 마이크도 없어지지."

지영 선배의 트집에 이어 혁수 선배가 말을 받았다.

"이제 다들 어떻게 할 거야? 집합 한 번 했다고 설마 열 받아서 탈퇴하는 건 아니지?"

선배들 모두 청원이를 쳐다봤다. 그때 수영이가 나섰다.

"저는 탈퇴하겠습니다."

선배들 눈이 동그래지면서 얼굴들이 붉으락푸르락했다.

"와! 너희 기수 완전 어이없다. 뭐? 하나뿐인 보컬이 그만둬?"

"전 산마 가입하고 이제껏 마이크 한 번 못 잡아봤어요. 항상 혁수 선배 코러스만 하고……. 제가 뭐 혁수 선배 코러스 하려고 온 것도 아니고. 여자 보컬이 필요한 노래도 있을 텐데……."

혁수 선배가 버럭 화를 내면서 말을 잘랐다.

"야! 처음부터 무대에 서는 사람이 세상에 어디 있어! 나도 처음에는 여진 선배나 지표 선배 코러스 담당이었거든! 운이 좋아서 1학년 때부터 메인이 됐는데 산마 멤버 대부분이 2, 3학년은 돼야 메인이 되는 거라고!"

지영 선배가 끼어들었다.

"운이 아니라 실력이지."

"제가 아직 무대에 설 실력이 안 된다는 것 인정해요. 또 혁수 선배 잘하는 것도 인정하고요. 근데 제가 노래 좀 하려고 하면 선배들이 제가 얼마나 잘하나 한번 두고 보자 하는 식으로 보는 것 같아요. 또 옆에서 자꾸 누구는 어디까지 올라가는데 하면서 수군대고."

수영이 말에 지영 선배가 삐죽거렸다.

"웬 착각? 대체 누가 수군대는데?"

그러자 지표 선배가 지영 선배를 툭 쳤다.

"야! 야! 둘 다 그만해! 그러니까 그럴수록 더 연습해야지. 연습만이 살길이야!"

청원이가 지표 선배한테 되물었다.

"개인 연습을 말씀하시는 건가요?"

지표 선배는 고개를 끄덕였다. 청원이는 침착하게 말을 이었다.

"개인 연습도 중요하지만 전 여기에 합주하려고 왔어요. 실력이 부족해서 무대에 설 수 없다고 생각하실지 모르지만, 전 무대에 서려고 준비하는 과정에서 실력이 좋아진다고 생각해요. 무작정 개인 연습을 한다는 것은 상당히 어려운 거잖아요."

혁수 선배가 비꼬는 투로 말을 바로 받았다.

"그래, 말 잘했다. 그럼 너희끼리 연습해. 왜 너희 기수끼리 연습을 안 해? 기수끼리 모임도 없잖아? 그거 좀 이상하지 않아?"

청원이도 지지 않고 말했다.

"그러잖아도 그러려고요. 우리 기수끼리 따로 팀을 만들어서 합주 연습도 하고, 무대도 설 거예요."

"헉! 벌써 무대에 선다고? 너희 혹시 산소마이크 이름을 걸고 무대에 서려는 것은 아니지?"

지표 선배가 불쑥 나섰다. 그러고는 갑자기 주먹을 꽉 쥐고 눈썹을 찡그리면서 말을 이었다.

"산소마이크의 공연은 기수들끼리 하는 곳이 아니야. 기수를 대

표하는 사람들이 모여서 무대에 서는 거라고! 더구나 다른 사람들은 우리 산소마이크가 엄청나게 실력이 있다고 생각하는데, 외부 공연에 나가서 산마 이름 달고 엉터리로 공연할 수는 없는 거잖아!"

엉터리라는 말에 뭔가가 확 꼬여왔다. 한마디 하고 싶었지만 무슨 말을 해야 할지 몰랐다. 그때 가만히 있던 드러머 은규가 조용하게 물었다.

"그럼 산소마이크 이름 안 걸고, 우리끼리 무대에 서는 건 괜찮은 건가요?"

선배들이 얼버무렸다. 잠시 후 지영 선배가 우리들 한 명 한 명 보면서 다시 말했다.

"너희들 너무 무대에 욕심내는 거 아냐? 우리는 무대 서는 것에 그렇게 욕심내는 사람 없었는데……. 더구나 공연 연습할 때 실력이 많이 는다고 했는데, 꼭 그렇지만도 않아."

선배들은 자기들끼리 고개를 끄덕였다.

"맞아, 공연할 때는 늘 했던 곡만 연주할 때가 많으니까, 실력이 좋아진다고 볼 수는 없지. 개인 연습을 많이 해야 실력이 늘지. 개인 연습이 훨씬 더 중요하다고!"

개인 연습 앞에서 우리는 고개를 숙였다. 실력이라는 말 앞에서 우리는 무너지고 말았다. 무대 욕심이라는 말에 처절하게 쓰러졌다. 우린 선배들 앞에서 11기 모임을 매주 금요일로 정했고, 청소

당번도 정했다. 그러고는 몇 가지 지켜야 할 사항들도 익혔다. 선배들은 저녁을 사주면서 잘해보자고 했다. 수영이도 청원이도 그 누구도 더는 말을 하지 않았다. 그저 묵묵히 먹기만 했다.

10

　현실은 '산마'의 미래를 생각하고 고민하라 요구했지만, 놀랍게도 내 머릿속에는 그녀뿐이었다. 수요일까지 기다릴 수도 없었다. 한 방울 한 방울 떨어지는 물방울이 양동이에 가득 차 넘치려는 순간처럼 내 마음도 찰랑찰랑 넘치려 했고, 수많은 언어들이 그녀에게 고백하고 싶어 내 입 주위를 맴돌며 아우성쳤다. 이현이도 이런 말로 부추겼다.

　"야, 네가 무슨 묵은지냐? 된장이야? 뭘 그렇게 묵혀. 아, 구려! 그냥 당장 말해. 더구나 문어 다리인데 뭐가 걱정이야. 설마 오는 남자 마다하겠어?"

　"뭐? 이게 근데! 확실하지도 않은 말을 왜 하는데!"

주먹이 날아갈 뻔했다. 이현이는 실실 웃으며 나를 다시 꼬드겼다.

"그럼 이번 기회에 직접 확인해봐! 문어 다리인지 아닌지."

귀가 솔깃했다.

"어떻게 물어보면 되는데?"

"남친 있는지부터 물어봐."

"근데 네 말대로 진짜로 문어 다리라면 있어도 없다고 하지 않을까?"

"그렇지. 이제야 머리가 돌아가는군. 그래, 그러니까 당연히 없다고 할 거고. 없다고 하면 사귀자고 말해! 그러다 진짜로 사귀게 되면 너의 숨겨둔 매력을 보여주는 거지. 다른 남자들을 못 만나게 다리를 싹둑싹둑 잘라!"

침이 꼴깍 넘어갔다.

"진짜?"

"그래, 그렇게 그녀를 차지하는 거지! 어때?"

저절로 고개가 끄덕여졌다. 그러다 슬그머니 의문이 들었다.

"근데 만약 남친이 있다고 하면 어떻게 하지?"

"그건 일단 문어 다리가 아니라는 이야기니까, 좋은 징조인 거지. 안 그래?"

"그, 그런가? 내가 싫어서 있다고 하는 건 아닐까?"

이현이와 난 거기서 입을 꾸욱 다물었다. 아무튼 난 부딪혀보기로 했다. 어차피 더 이상 버틸 힘도 없으니까. 이현이가 물어다 준 전화번호로 문자를 보냈다.

선배님……

아, 아니다. 선배님이라고 부르고 싶지 않다. 난 그녀의 후배로 보이고 싶지 않고, 한 남자로 기억되기를 바란다.

선배님이라는 말을 지웠다.

저 하하인데요^^ 혹시 오늘 시간 있어요?^^

오늘? 무슨 일로? ^^;;

할 말이 있어서요. ㅋ

답이 안 왔다. 그 순간을 못 참고 이현이 손을 덥석 잡아서는 뛰어대는 내 심장에다 갖다 댔다. 이현이는 제 손을 빼내고는 날 밀쳐냈다.

"야, 이 미친놈! 저리 안 가!"

그때 띠링.

학원 레슨이 7시 반에 끝나기는 하는데……. 학원이 좀 멀어서ㅜㅜ

어딘데요?

홍대 쪽. ㅋㅋ

홍대 쪽요? 아, 그럼 집에 가는 길이라서 괜찮아요. 제가 그리로 갈
게요. 8시쯤 어때요?

난 괜찮은데. ㅋ 넌?

저도요. ㅋㅋㅋ

그래. 그럼 8시 홍대전철역 8번 출구에서 보자. 이따 연락할게.

이현이더러 우리 집에 같이 가달라고 했다. 혼자서는 다리가 후
들거려서 도저히 못 걷겠다고 엄살을 부렸다. 실은 무슨 옷을 입
어야 완벽한 외모로 변신할지 판단이 서지 않았다. 이현이의 감각
을 믿는 건 아니지만, 그래도 혼자보다는 나을 것 같았다.

샤워를 하는 동안 이현이는 라면을 끓였다. 라면에 밥까지 말아
잘도 먹었다. 난 거울을 보느라 후루룩 라면을 빨아올릴 시간도
없었다. 머리를 감고 말리고 만지작거리는데 이현이가 답답했는
지 롤빗을 들고 와서 스타일을 잡아줬다. 앞머리를 살짝 들어 올
려 왁스를 발랐는데 그런대로 괜찮았다. 검은 진에 베이지색 티를
입었다. 티에는 연필로 스케치한 듯 흐릿하게 코끼리 몇 마리가
그려져 있었다. 신발에 살짝 깔창을 깔았다. 페라리블랙 같은 향수
한두 방울이 더해지면 완벽했겠지만, 집에는 그런 게 없었다. 그래

도 이 정도면 최상이었다.

요즘 유행하는 검정 뿔테 안경을 이현이가 빌려주면서 껴보라고 했다. 너무 멋 부린 티가 나서 잠시 망설였더니 이현이가 웬일인지 칭찬을 다 했다.

"야, 이 새끼! 진짜 짱이다, 짱! 얼굴이 작아서 그런가? 안경 하나로 사람이 확 사는구나!"

이현이 말에 안경을 벗는 게 훨씬 낫다는 것을 확신했다. 저놈은 뭔가 튀는 걸 무지 좋아하는 놈이니까!

"됐고, 너나 많이 끼세요."

이현이와 합정역에서 헤어지고 혼자 홍대입구역에서 내렸다. 지하철 화장실을 찾아 마지막 점검을 하고, 수많은 사람이 오고가는 홍대입구역 8번 출구 앞에서 그녀를 기다렸다. 화려한 불빛과 요란하게 치장한 사람들 틈에 있으니까 나도 모르게 기분이 날아올랐다. 핸드폰을 보다가 지나가는 사람들을 보다가 보니 어느새 7시 58분, 심장이 요동을 쳤다. 문자를 넣는데 손이 떨렸다.

저, 도착했어요. ㅋ 오면 문자 주삼요. ^^

그녀는 정확했다. 8시가 되자 문자가 왔다.

나도 도착!ㅋ 햄버거 가게 앞!ㅋㅋㅋ

그녀는 햄버거 가게 옆 기둥에 씽긋 웃으며 서 있었다. 기타를 메고서……. 검은 진에 하얀 블라우스를 넣어 입고, 살구색의 에나멜 플랫슈즈를 신었다. 가죽 느낌의 커다란 브라운 백이 세련되어 보였다. 길거리에서 그녀를 보게 된다면 대학생쯤으로 볼지도 몰랐다.

무슨 말부터 꺼내야 할지 몰라 머뭇거렸지만 일단은 기사도부터 발휘했다.

"기타 주세요. 제가 들게요."

그녀는 괜찮다는 말 대신 고맙다는 말을 하며 기타를 내밀었다.

"밥은 먹었어? 난 배고픈데…….'"

그러고 보니 나도 배가 고픈 것 같았다. 뭘 먹어야 될지 망설여졌다. 그녀와 무엇을 할지 뭘 먹을지, 어디서 어떤 말을 할지, 세부적인 계획도 안 하고 나왔다는 생각이 들자 갑자기 불안해지기 시작했다. 우왕좌왕하면서 머뭇거리는 것보다는 빨리 결정하는 모습이 좋아 보일 듯했다.

"여기서 햄버거 먹을까요?"

바로 앞 햄버거 가게로 들어가 세트 메뉴 두 개를 시켰다. 계산은 당연이 내 몫이었다. 최대한 남자로 보이고 싶다는 생각이 앞섰다.

"좋아, 그럼 다음번에는 내가 살게!"

그녀는 어깨를 들썩이면서 겸연쩍게 웃었다. 자리를 잡고 햄버거를 먹는 동안 그녀는 왜 만나려고 했는지에 대해 묻지 않았다. 잘 지냈는지 간단하게 물었고 연습은 잘되는지, 회장단과 11기의 모임에 관한 이야기만 물어왔다. 선배들이 우리에게 주문했던 개인 연습에 관해 말하자 그녀는 약간 눈썹을 찡그렸다.

"모든 게 너희 탓이라는 것처럼 들리는데?"

정말 깜짝 놀랐다. 내가 그런 말을 유도하면서 이야기를 했던가? 내 속에 있던 불만들을 그녀에게 들킨 것만 같았다. 그녀는 햄버거를 먹으며 천천히 말을 이었다.

"개인 연습만 하기가 재미없고 고달프고 힘들어서 밴드 가입하는 거 아니야?"

저절로 고개가 끄덕여졌다. 앞으로 우리 기수들끼리 매주 모여 연습을 할 거라는 이야기를 전하자 그녀는 그나마 다행이네 하면서 좋아했다.

"참! 우리 집합했던 날 어떻게 온 거예요? 연락은 어떻게 받으신 거예요?"

내 말에 그녀는 시큰둥하게 대답했다.

"집합하기 전에 문자 받았어. 난 그냥 지표가 설쳐대는 게 싫어서 그랬을 뿐이야!"

그녀는 콜라를 한 모금 마시고는 날 빤히 봤다.

"하하야, 그건 그렇고 오늘은 무슨 일로 만나자고 했니?"

감자튀김이 목에 딱 걸렸다. 콜라를 한 모금 마셨다. 뛰는 가슴을 진정시키고 겨우 입을 뗐다. 준비했던 말을 쏟아냈다.

"저, 남친 있어요?"

순간 그녀는 눈을 조금 위로 뜨고는 날 빤히 쳐다봤다.

"많은데, 왜?"

"흐흐흐, 아, 아니, 그런 남친 말고요. 진짜 남친요!"

그녀의 얼굴이 굳어졌다. 그녀의 표정에 나도 굳어졌다. 그녀는 다시 말을 이었다.

"그래, 진짜 남친 많아. 근데 왜 그게 궁금하지?"

"네? 아, 아니……저, 저, 음…….."

예상치 못한 대답이었다. 뭔가 한 대 맞은 기분이었다. 내가 아무 말 없이 가만히 있자, 그녀도 한참을 가만히 있었다. 나는 고개만 숙이고 있었다. 잠시 후 그녀는 앉은 자리를 정리했다.

"하하야, 다 먹었으면 나가자."

아! 이대로 끝나는 거구나. 갑자기 긴장이 확 풀어져 버렸다. 맥없이 멍하니 있는데 순간 어디서 그런 용기가 나왔는지 불쑥 말이 튀어나왔다.

"저, 잠시만요. 저, 선배님 좋아해요! 진심이에요."

그녀는 의자를 끌어 고쳐 앉았다. 잠시 침묵이 흘렀다. 주변 사람들의 떠들어대는 소리와 사이사이 들리는 음악 소리들이 멀어졌다가 가까워졌다. 그녀는 자리에서 조용히 일어났다.

"여기 너무 시끄럽다. 일단 나가자!"

반팔을 입어선지 약간 쌀쌀한 느낌이 들었다. 남친도 많다고 했는데 왜 그런 말을 했을까? 후회도 들고 부끄럽기도 했다. 괜히 이현이 말을 들었다 싶어서 원망스러웠다. 어차피 이렇게 고백할 바에는 뭐하러 물어봤을까 싶기도 했다. 그녀는 홍대 쪽으로 걸었다. 난 그녀를 따라 걸었다. 그녀가 옆에 있다고 의식을 하니까 걷는 것도 신경 쓰였다. 오른손과 오른발이 같이 나가고 있는 것은 아닌지 계속 의심스러웠다.

"하하는 어떤 음악 좋아해?"

한참 만에 그녀가 말을 걸어왔다.

"글쎄요? 잘 모르겠어요. 아직까지 특별히 좋아하는 장르는 없는 것 같고, 그저 곡의 전체적인 분위기를 보는 것 같아요. 분위기 좋은데 노랫말까지 좋으면 완전 좋고요."

내가 말을 하는 건지 입이 말을 하는 건지도 몰랐다. 그런데 그녀는 내 말에 꽤 신경을 쓰는 듯했다.

"나도 좋아하는 곡들을 보면 대부분 노랫말이 좋더라고! 너무 드러내놓고 사랑 타령하는 노래는 별로고, 꿈이나 일상을 표현한 노랫말이 너무 좋아."

"저도요. 아, 그럼 선배님은 특별히 좋아하는 장르가 있어요? 록을 좋아하는 것 같던데!"

"응, 모던 록도 좋고 하드 록도 좋아해. 좋아서 듣다 보면 거의 밴드 음악이더라고!"

그러고는 또 걸었다. 그녀는 걷다가 내 쪽을 돌아보며 멈춰 섰다.

"하하야, 우리 사귈래?"

"네?"

"나도 네가 맘에 들어. 네 피아노 소리도 너무 좋고!"

딩동댕동! 머리에서 종소리가 들렸다. 여기저기서 팡파르가 울리고, 축포가 터졌다. 하늘에서는 오색찬란한 색종이들이 내 몸을 향해 내리고 있었다. 신들은 나를 호위하면서 지켜보고 있었다. 역시 신들은 내 편이었다. 내 편! 이제 이현이 말대로 나의 매력을 보여주는 일만 남았다. 만세, 만세, 만세!

11

순식간에 설렘이 흥분으로, 흥분이 자신감으로 급변해버렸다.

"말 놓아도 돼요?"

"물론! 그냥 편하게 생각해. 나이는 숫자에 불과하다며……. 흐
흐흐!"

"뭐라고 부르지? 선배는 싫고, 누나? 여진아?"

"뭐? 여진아?"

"그럼, 여진 씨?"

"앗!"

"자기야? 여보?"

"호호호."

웃기만 했다. 나도 웃음만 나왔다. 내 마음을 보여주고 나니 이렇게 편할 수가 없었다. 내 걸음걸이도 내 웃음도 말투도 모두 나다워졌다.

내가 바래다주겠다고 하자, 그녀는 됐다고 했다. 바래다주는 건 사귀는 증거라고 박박 우겨서 겨우 버스 뒷좌석에 나란히 앉을 수 있게 되었다. 그녀의 어깨가 내 어깨에 닿았다. 그녀의 다리와 내 다리가 슬쩍 스치자 머리털까지 전기가 오르는 듯했다. 귓불이 화끈해지면서 심장이 미친 듯 뛰었다. 그녀가 내게 무슨 말을 했던 것도 같은데, 집중할 수 없었다. 길게 숨을 내뱉었다. 일단은 뛰는 심장을 진정시키는 게 우선일 것 같아, 기타를 그녀와 나 사이에 두었다. 숨을 몇 번 조절하고 나니 그제야 말을 건넬 수 있었다.

"남자 친구 이야기 물어본 건 정말 미안. 바로 말하는 게 자신이 없어서, 돌려 말했던 거."

아직은 반말이 쉽지 않은 듯, 나도 모르게 끝말들이 모두 잘려 나갔다.

"크크크, 너무 편하게 말하네!"

"아, 아⋯⋯음⋯⋯음."

"사실 아까는 좀 당황했어! 왜 네가 그런 걸 물을까? 그게 왜 궁금할까? 나중에는 네가 고백을 하려고 그런 거라는 걸 알게 되어서 그 마음을 이해하게 되었지만 말이야."

와! 이렇게 널찍한 마음씨를 가진 사람이 또 있을까? 그녀의 마음은 편의점 앞에 놓인 파라솔처럼 편안하고도 시원했다. 그녀는 내가 어떤 말을 해도 다 이해해줄 것만 같았다.

"근데 혁수 선배가 선배, 아, 아니지, 누나, 아니 여진 씨 코러스도 했어?"

"크크크."

그녀는 웃느라 정신이 없었다. 숨이 꼴딱 넘어가는 듯했다.

"너 굉장히 귀엽다! 호호호. 암튼 혁수가 코러스라기보다는 내가 메인 보컬 할 때 한두 번 백 보컬을 했던 것 같아. 아마 작년 여름까지는 그랬을 거야. T밴드 준비하면서 혁수가 메인 보컬 자리를 차지했으니까 그렇게 많이 하지는 않았어. 혁수야, 뭐 워낙 리듬감도 좋고 성량도 풍부하고 목소리도 좋잖아."

"그때 기분 어땠어? 많이 안 좋았겠다."

"아무래도 그렇지. 그러고 나니까 자신감도 많이 없어지더라고……."

수영이도 그런 말을 했던 것 같다. 산마에서 노래를 부를수록 자신감이 없어지는 것 같다고. 그래서 더 노래를 부를 수 없게 되었다고.

"이상하다. 내 귀에는 엄청 잘하는 걸로 들리던데……. 분위기도 좋고!"

"진짜? 호호호."

그녀가 수줍은 듯 웃었다. 정말 예뻐만 보였다.

집으로 돌아가는 길 내내 그녀와 함께 나눴던 이야기를 곱씹고 또 곱씹었다. 버스에 나란히 앉았던 장면이 천 번도 넘게 떠올랐다. 그녀의 살과 내 살이 살짝 스쳤던 느낌은 만 번도 넘게 되살아났다. 그 생각만 하면 또다시 찌릿해지는 게 심장이 부풀어 올랐다. 순간 놀랍게도 엄마 생각이 났다. 엄마와 호진 씨는 내가 있든 말든 껴안고 키스하고 온갖 19금을 다 했다.

"하하야, 잠깐만 눈 감고 있어!"

둘은 날 피해 방으로 들어가는 대신 내 스스로 방으로 들어가게끔 만들었다. 닭살 돋는 애정 행각에 차차 익숙해져 갔지만, 그들처럼 느끼하게 살고 싶지는 않았다. 중학교 2학년 때인가 도덕 쌤이 사랑의 종류를 이야기해준 적이 있었는데, 그때 삘이 빡 오면서 섬광처럼 뭔가 깨달음이 왔다. 사랑은 에로스의 육체적 사랑만 있는 건 아니고, 플라토닉한 정신적인 사랑도 있다는 말! 사랑하는 여자가 생기면 상대방이 준비될 때까지 기다려주고 소중하게 지켜줘야 한다는 천상의 이야기를 전해 들었을 때는 감동의 물결이 밀려왔다. 그러면서 엄마의 과거 행적들이 역겹게 느껴졌고, 나의 인격은 한층 더 고결하고도 숭고한 쪽으로 이동해갔다. 하지만 오늘날 이 시점에, 살짝살짝 닿을 때의 그 순간이 왜 이리도 자주 떠오르는 건가? 암튼, 난 현관문을 열고 기분 좋게 인사를 했다.

"엄마! 굿 밤!"

불은 켜 있는데 거실에는 엄마가 없었다. 화장실에도 방에도. 혹시 싶어 베란다를 내다봤더니 그곳에 엄마가 쪼그리고 앉아 있었다.

"아휴, 깜짝아! 하하야, 언제 왔어?"

"뭘 그렇게 놀라? 지금 왔지! 근데 거기서 뭐 하는 거야?"

엄마는 상추와 고추를 만지작거렸다.

"생각보다 잘 못 자라는 것 같아서. 햇볕이 잘 안 들어서 그런 건가?"

"나도 못 자라고 있다고. 그런 거 돌볼 시간 있으면 나 좀 챙겨줘!"

"어이구, 또 시작이다. 너는 불편하거나 부족하면 말이라도 할 수 있잖아? 식물들은 말도 못하는데. 그러니 그냥 돌볼 수밖에 없다고!"

"어차피 다 입에 들어갈 것들인데 뭘 돌봐!"

"아니야. 정성을 다해서 키우고 돌보면 입으로 들어갈 때 감사하는 마음도 생기고 소중한 마음도 생기고 그러는 거야! 그러면서 건강해지는 거고!"

"네에, 그러셔요? 그나저나 뭐 먹을 거 없어?"

냉장고 문을 열었는데, 텅 비어 있었다.

"어휴, 나 좀 돌보라니깐!"

엄마는 싱크대를 뒤져 육포를 꺼내 왔다. 난 육포를 질겅질겅 씹었고, 엄마는 식탁에 앉아서 맥주 캔을 땄다.

"그런데 왜 이렇게 늦게 왔어? 요즘 공연 준비해?"

"그런 건 아니고! 참, 교복 바지 좀 줄여 줄 수 있어?"

"그래, 그럴게! 하하야, 근데 오늘 엄청 좋은 시 읽었는데 너 한 번 들어볼래? 이성선의 〈사랑하는 별 하나〉야."

"시?"

이건 또 뭔가 싶었다. 뜬금없이 시라고 하니, 원! 평소 같으면 거부했겠지만, 좋다. 오늘은 특별한 날이니까!

"그럼 읊어봐!"

난 눈을 감았다.

나도 별과 같은 사람이
될 수 있을까.
외로워 쳐다보면
눈 마주쳐 마음 비춰주는
그런 사람이 될 수 있을까.

나도 꽃이 될 수 있을까.
세상일이 괴로워 쓸쓸히 밖으로

나서는 날에

가슴에 화안히 안기어

눈물짓듯 웃어주는

하얀 들꽃이 될 수 있을까.

가슴에 사랑하는 별 하나를 갖고 싶다.

외로울 때 부르면 다가오는

별 하나를 갖고 싶다.

마음 어두운 밤 깊을수록

우러러 쳐다보면

반짝이는 그 맑은 눈빛으로 나를 씻어

길을 비추어주는

그런 사람 하나 갖고 싶다.

어?

뭔가가 꿈틀거렸다. 특히 가슴에 사랑하는 별 하나를 갖고 싶다
는 부분!

찌릿하게 가슴을 울리며 다가왔다. 그렇다고 좋다는 둥 마음에
든다는 둥 말하지는 않았다. 적어도 난 엄마랑 시를 읽으면서 눈

물짓고 감동받는 그런 이상한 고딩은 아니니까. 절대로!

엄마는 시가 좋아졌다고 했다. 그러시던가.

엄마는 시를 읽으면 마음이 편안해지고 말랑말랑해진다고 했다. 어련하시겠어요.

엄마는 자기도 이제부터 시를 좀 써봐야겠다고 했다. 얼씨구! 마음대로 하세요.

오늘만큼은 다 괜찮다. 엄마가 시를 더 읽어준다고 해도 더 들어줄 수 있다. 하지만 엄마는 소파로 가더니 혼자서 시집을 읽었다. 홀짝홀짝 맥주를 마시면서! 거실에 초를 한 자루 켜놓은 채!

12

방문을 닫자마자 이현이에게 문자를 보냈다.

성공! 나 사귀기로 ㅋㅋㅋ

헐! 대박! 야 근데 진짜 문어냐?

시끄럽고! 괜히 네 말 듣다가 클날 뻔했다.

왜?

신경 끄고, 암튼 그리 알아라!

아침에 일어나 생각해보니 이현이한테 괜히 알려준 것 같았다.
놈은 온 동네 소문을 다 내고 다닐 게 뻔했다. 산마 멤버들이 그녀와 내가 사귀는 것을 알면 뭐라고 할까? 불륜도 아니고 스캔들도 아닌데 뭐 어때? 하는 마음이 없는 것도 아니지만, 아무튼 이 문제는 그녀와 합의가 필요한 부분이니까, 미리 소문내서 좋을 건 없을 것 같았다.

야, 근데 비밀이다 ㅋㅋㅋㅋ

맨입으로? ㅋㅋㅋ

껨비 내줄게ㅜ

약해ㅠㅠㅠㅠ

이틀 치? ㅋㅋㅋ

약하다니까ㅠㅠㅠ

너 죽을래?

너야말로 ㅋㅋㅋ

엄마한테 용돈 좀 올려달라고 했다.

"아니, 무슨 돈을 그렇게 많이 쓰는 거야! 용돈 준 지 보름도 안 됐는데……. 돈도 돈이지만, 오하하! 너 요즘 너무 계획 없이 흥청망청 사는 거 아니니?"

엄마가 내 이름에 성까지 붙여서 말하는 걸 보니 곧 부연 설명이 시작되면서 폭포수처럼 잔소리를 늘어놓을 판이었다. 이쯤에서 끊는 게 좋을 듯해서 간곡하면서도 진지한 말투를 만들어냈다.

"지금 굉장히 중요한 일을 하고 있어서그래! 지금은 엄마의 지원이 꼭 필요할 때야."

엄마는 팔짱을 끼면서 눈을 가늘게 떴다.

"무슨 일인데?"

"나중에 말해줄게. 아직 말하기는 일러!"

엄마는 더는 묻지 않았다. 하지만 지원을 많이 할 생각은 추호도 없는 모양이었다. 지원금은 딱 만 원!

이 돈으로 얼마나 버틸 수 있을까? 그녀와 사귀기 위해서는 이현이의 입도 막아야 하고, 그녀를 만나 영화도 봐야 하고, 밥도 먹어야 하고 차도 마셔야 하는데.

그래도 이쯤에서 일단락 지었다. 아무리 돈이 좋다지만 엄마한테 나의 러브스토리까지 들려주면서 지원금을 타내고 싶지는 않았다. 털어놓는다고 지원금을 선뜻 내놓을 것 같지도 않고! 아르바이트를 구해야 하나? 난 사랑에 눈을 뜨자마자 세상의 중심에는 돈이 있다는 사실을 처절하게 깨달았다. 절대적으로 돈이 필요하다. 돈, 돈, 돈!

어제의 아침과 오늘의 아침이 나로 인해 달라질 수 있다는 것을 그녀에게 알려주고 싶었다. 그녀의 집 앞 버스 정류장으로 가서 '짠' 하고 나타나 깜짝 놀라게 해줄까? 하지만 좌뇌에서는 '워워, 속도 조절!' 하면서 신호를 보내왔다. 처음부터 너무 저돌적이면 거부감이 들 수도 있겠다 싶어 카톡으로 문자만 넣었다. 하트 잔뜩 넣고 굿모닝! 그녀는 내가 보낸 하트 수만큼 웃어줬다.

며칠째 잠을 설쳤더니 1교시부터 눈꺼풀이 딱 붙어서 떨어지지 않았다. 꾸벅꾸벅 졸았는지 화성학 쌤이 다가와 내 귀를 잡아당겼다.

"어젯밤에 뭐 했어?"

그래도 잠은 달아나지 않았다. 내 귀의 통증이 사라지기 시작하자, 쌤의 목소리가 들려왔다. 오, 쌤! 쌤의 목소리는 너무도 부드러워요. 높낮이도 없이 어찌 그리 완벽하게 평안하신지요? 쌤이 칠판에 그려놓은 악보들은 살랑살랑 흔들리는 파도가 되어서 제 마음을 어루만져요. 먼 곳을 가고 있지요. 넘실넘실 배를 타고 바람을 맞아요. 멀리서 뱃고동 소리 들려오고요, 바다에 비친 햇살은 물비늘이 되어 저를 되비추네요. 아, 그 빛은 어찌 이리도 눈부신지요? 머리를 비추는 햇살은 또 왜 이렇게 따뜻한지요? 아, 이제 눈을 감아요. 아~ 아~ 소올 솔!

그러다 쉬는 시간까지 내처 잤다. 그런데 영아가 나를 흔들어 깨웠다.

"오하하! 너 전공 숙제 다 했어?"

전공 숙제라는 말에 눈이 번쩍 뜨였다.

"헐, 오늘 화요일이야?"

영아와 나는 전공 선생님이 같았다. 학기 초에 악기별 전공 실기 선생님을 선택해야 했는데, 한번 선택하면 3년 동안 바뀌지 않기 때문에 신중할 필요가 있었다. 그때 영아는 내게 이런 말을 했다.

"낙타 쌤은 그루브가 장난이 아니야. 리드미컬한데도 전혀 화려하지 않고 깔끔하고 담백하지. 그게 굉장히 어려운 거거든. 기교라기보다는 오히려 섬세한 감성 쪽이라고 할까? 쌤의 연주를 들으면 실력이 좋으면서도 그걸 뽐내지 않고 자제하는 듯한, 겸손한 느낌 적 느낌이 느껴져!"

그루브가 뭔지, 섬세한 감성이라는 게 어떤 건지, 겸손한 느낌적 느낌이 뭔지 도통 알아들을 수는 없었지만, 영아가 뽐어낸 보도 듣도 못한 전문용어는 낙타 쌤을 훌륭한 인물로 만들어놓기에 부족함이 없었다. 예상외로 낙타 쌤을 선택한 사람은 영아와 나 뿐이었다.

"박영아, 엄청 유명하신 분이라면서 왜 신청자가 너하고 나뿐이냐?"

"아이들이 아직 낙타 쌤을 몰라서 그래. 쌤이 우리 학교 출강하신 지 얼마 안 됐거든. 잘된 거야. 아이들이 많으면 우리한테 신경이나 써주겠니? 홍대 근처에 빌 에반스라고 유명한 재즈 카페가 있어. 쌤은 거기서 꽤 잘나가는 피아니스트라고!"

입이 쩌억 벌어졌다. 영아만 믿고 영아만 따르면 내 앞길은 창창할 듯했다. 낙타 쌤이 잘나가는 피아니스트이건 아니건 간에 전공 실기 수업은 여러 가지로 신경이 쓰였다. 대부분의 아이들도 전공 실기 수업을 부담스러워하긴 했다. 일단 수업 방식이 일대일 수업이라 남자 어른과 너무 가까이 붙어 있어야 한다는 점도 그랬고, 숙제 분량이 만만치 않다는 점도 그랬고, 나의 부족한 부분을 쌤이 너무도 잘 알고 있다는 점도 사람을 위축되게 만들었다. 행여 숙제라도 안 해 가는 날에는 멀뚱멀뚱 있다가 어쩔 수 없이 이런저런 사생활을 고해바쳐야 한다는 점 등도 공통된 고충 사항이었다.

그나마 다행히도 낙타 쌤은 나랑 영아를 묶어서 수업했다. 한 시간씩 일대일로 수업을 받는 것보다는 앙상블이라도 할 수 있게 함께 레슨을 받는 게 낫다면서 두 시간을 내리 침을 튀겨가면서 수업했다. 또한 엄청난 양의 숙제를 내주는 것이 스승의 도리라고 믿고 있는지, 몇 시간을 투자해도 숙제는 쉽게 끝나지 않았다. 더구나 잘해 가도 그다지 표시가 나지 않았다. 그런데 숙제를 안 해 가는 것은 엄청 표시가 났다. 아예 수업 시간 내내 손도 못 대고 멍하니 있어야 하니까. 낙타 쌤은 주로 두 가지 숙제를 내줬는데 하나는 코드를 제시해주고는 12마디 혹은 16마디 선율을 그려 오는 거였다. 엄밀하게 말하면 부분 작곡이라고 할 수 있었다. 또 다른 숙제는 리듬을 연습해 오라는 것이었다. 어떤 곡을 보사노바나 스윙, 펑키 등으로 연습해 오게 했는데, 두 번째 숙제는 밴드 연습을 할 때 자주 하게 되니까 크게 문제가 되지는 않았다. 문제는 늘 작곡이었다. 머릿속에서 생각나는 음들은 예술인데, 코드를 생각하며 작곡을 하다 보면 곡들은 오리무중 삼천포로 빠지면서 선율은 날아가고 앙상한 음표만 남았다.

수업 시간은 숙제 한 것을 직접 연주하는 것으로 시작됐다. 내가 숙제를 안 해 가는 날은 영아 혼자 두 시간을 메워야 했다. 쌤은 그것이 숙제를 해 온 사람에 대한 특혜라고 여길지 몰라도 그건 우리에게는 고문이었다. 혼자 두 시간을 때우고 나면 피부는 오이장아찌처럼 쭈글쭈글해지고, 머리에는 김이 모락모락 나면서 눈가는 판다가 되었다.

"오하하! 너 숙제 하나도 안 한 거야? 난 어떡하라고! 나 혼자 어떻게 버티라고! 빨리 안 해! 이번 시간에는 졸지 말고 빨리 선율 그려. 점심시간에는 나랑 같이 연습하고. 알았어?"

영아의 독촉에 못 이겨 3, 4교시 내내 수학 쌤과 문학 쌤 눈치를 보면서 숙제를 했다. 그러고는 점심을 후딱 먹고 전공실로 향했다. 영아는 내 숙제를 도와주겠다면서 전공실로 따라왔다. 내가 피아노에 앉자, 영아는 피아노 의자의 남은 공간에 자신의 엉덩이 한쪽을 붙이고 앉았다. 그러고는 여기가 어떻다는 둥 저기는 어떻게 고치라는 둥 하면서 이야기를 늘어놓았다.

"왼손은 3음하고 7음을 쳐야지. 5음을 치니까 오른손하고 음이 자꾸 부딪치잖아. 메이저 코드에서는 그렇게 하라고 지난번에 쌤이 말씀하셨는데."

"야, 근데 난 재즈 할 것도 아닌데, 꼭 이런 식으로 해야 돼? 우리는 실용음악과지 재즈과가 아니잖아!"

"물론 그렇지만 이런 것은 기본이라고! 네가 어떤 음악을 하든지 기본 이론은 알아야 하는 거 아니니? 록을 하든 펑키를 하든 이론은 배워야 할 것 아냐!"

짜증이 확 일었다.

"네가 뭔데 자꾸 나한테 그러는 거야? 네가 선생님이야? 알았다고! 알았으니까, 이제 그만 가봐! 네가 두 시간 내내 안 할 수 있게 해주면 되는 거잖아!"

순간 영아 얼굴이 빨개졌다. 영아는 씩씩거리면서 눈을 흘겼다. 그러고는 전공실 문을 쾅 닫고 나가버렸다. 더 이상 숙제 하기가 어려울 것 같았다. 대충대충 연습을 하고 교실로 들어갔다. 영아를 바라봤지만 영아는 창밖만 내다보고 있었다. 6, 7교시 전공 실기 시간에 영아는 안 들어왔다. 낙타 쌤이 영아한테 문자도 보내고 연락을 취했지만 영아는 응답하지 않았다.

"무슨 일이지?"

난 모른 척했다. 두 시간 내내 쌤한테 시달렸다. 수업이 다 끝나 갈 때쯤 낙타 쌤이 물었다.

"영아랑 싸웠니?"

난 아무 말도 안 했다.

"너희 혹시 커플이니?"

"아닌데요!"

"그래? 둘이 꽤 친한 것 같아서!"

그러고는 수업을 마쳤다. 뭐 커플이냐고? 망치로 한 대 얻어맞은 기분이었다. 헐, 제가 눈이 얼마나 높은데요. 제가 사귀는 사람은 그녀라고요, 그녀!

전공실을 빠져나오면서 잠시 고민에 빠졌다. 영아한테 문자를 넣을까? 근데 따져보면 내가 딱히 영아에게 미안해할 것도 없었다. 오히려 영아가 내게 미안해하는 게 맞을 듯싶었다. 덕분에 두 시간 내내 낙타 쌤에게 시달렸고, 커플이라는 오해까지 받았으니까. 심하게 말한 것이 내 죄였다면 죗값은 이 정도면 충분했다. 게다가 그녀와 내가 정식으로 사귀기 시작한 지 24시간도 채 지나지 않았고, 하필 그런 날 영아가 부풀어 있던 내 마음에다 찬물을 끼얹었다. 종례 시간에 영아와 눈이 마주쳤다. 영아가 먼저 눈을 돌렸다. 물론 나도 고개를 돌렸다.

13

여진 씨에게 끝나고 뭐 할 거냐고 문자를 넣었더니, 학원에 가서 연습할 거라고 했다. 반주 해줘도 되냐고 했더니 OK! 문자가 날아왔다. 5시에 홍대입구역에서 만나기로 했다. 10분 정도 그녀를 기다렸다. 그녀는 검은 반팔 티에 검은 진을 입고 하얀 스니커즈를 신고 나왔다. 그녀를 보는 순간 내가 입고 있던 교복이 부끄러워졌다. 하지만 그녀는 내 교복에는 관심도 없는지 만나자마자 서둘렀다.

"늦어서 미안! 근데 어쩌지? 연습실을 쓰려면 미리 예약해야 하거든. 5시 반으로 예약해뒀는데……. 시간 안에 갈 수 있을까? 일단 뛰자!"

난 그녀의 기타를 둘러메고 뒤를 따랐다. 그녀는 뛰다시피 걸었고, 난 성큼성큼 걸어 보조를 맞췄다.

"오, 제법 빠른데!"

그녀는 날 보면서 웃기 시작했다. 난 그녀 뒤에서 그녀를 재촉했다.

"아니, 어떻게 걷는 거보다도 더 느려? 얼른 뛰어가!"

그녀는 더 빨리 뛰었다. 난 더 성큼성큼 걸었다. 슬쩍 그녀를 앞질렀다. 갑자기 내가 뒤를 확 돌자, 그녀는 깜짝 놀란 듯 웃었다.

"우와, 진짜 빨라! 대박!"

"이 정도는 아무것도 아니라고! 난 훨씬 더 빨리 갈 수 있다고!"

칭찬은 고래도 춤추게 한다고 했던가? 그녀의 놀람은 내 다리에 모터를 달게 했다. 속도를 맞추는 것도 잊고, 난 그녀보다 훨씬 앞서 갔다. 그녀는 뭐가 그리도 웃긴지 멈춰서 웃었다. 난 왔던 길을 되돌아 그녀 옆에서 걸었다. 학원은 전철역에서 꽤 멀었다.

"저기야!"

삼거리를 지나자마자 그녀가 5층짜리 건물을 가리켰다. 간판이 어찌나 많은지 3층 실용음악 보컬 전문 학원 '봄'을 한참 만에야 찾았다. 겨우 제시간에 도착할 수 있었다. 연습실은 학교 연습실보다도 작았다. 나는 피아노 의자에 앉았다. 그러고는 그녀의 악보 파일을 펼쳐 어떤 곡들이 있는지를 살펴봤다. 그녀는 몇 번 고개를 까닥하고는 '아, 아, 아' 목청을 풀었다. 내가 아는 곡들 위주로 그녀에게 물었다.

"이 곡 어때?"

우리 반 여자 보컬들이 목 풀 때 부르는 곡, 이은미의 〈애인 있어요〉였다. 이 곡은 몇 번 반주를 해봐서 어렵지 않게 칠 것 같았다. 내가 반주를 넣기 시작하자 그녀도 시작했다. 하지만 부르다 말다 부르다 말다 했다. 반주를 멈추고 뒤를 돌아봤다.

"왜 그래? 그냥 뻔뻔스럽게 부르시죠. 우리 사이에!"

"우리 사이라고? 호호호, 좋았어!"

그러더니 그녀는 숨을 한 번 크게 몰아쉬었다. 진지하게 반주를 넣었다. 첫 소절! 그녀의 목소리는 역시 내 마음에 딱 들었다. 그런데 아쉽게도 뒤로 갈수록 음정이 불안해졌다. 특히 고음 부분은 심하게 음이 떨어졌다.

"거기 다시 불러봐."

난 더 이상 후배가 아니었다.

"진성으로 부르려고 하니까 잘 안 올라가고 그러지! 가성으로 그 부분을 다시 불러봐!"

고음 부분만 반복해서 부르게 했다.

"진성하고 가성이 너무 볼륨 차이가 많이 나잖아!"

느낀 대로 이야기를 했다. 그녀는 눈이 휘둥그레져서 말했다.

111

"근데 하하야! 너 진짜 정확하다. 보컬 트레이너 해도 되겠어! 보컬 쌤도 만날 그렇게 말하거든!"

"칭찬이야?"

"당연하지!"

칭찬에 힘입어 마디마디 끊어가면서 시시콜콜 이야기를 했다.

"배에 힘을 더 넣어! 그래, 좋다. 아니, 거기 말고! 거기서는 힘을 풀어야지. 숨 충분히 쉬고!"

적당히 했어야 했다. 한 시간이 끝나갈 때쯤 그녀의 얼굴이 굳어지고 말았다.

"야, 그만해! 진짜 노래 할 맛 뚝 떨어졌다! 내가 그렇게 못하니?"

아뿔싸, 이런! 너무 나갔나 보다. 난 그저 그녀가 열심히 하기에 도와주려고 한 것뿐인데……. 보컬 트레이너도 아닌데, 내가 왜 그랬을까? 왜 오버를 했을까? 왜!

그녀를 달래기 시작했다. 세상의 오글거리는 모든 말이 다 내 혀끝에 있었다. 단어가 생각나지 않을 때는 '아잉아잉' 하면서 온갖 재롱을 부렸다. 이현이가 이런 날 보면 '야, 토 나온다! 적당히 해라!' 했을 거였다. 나의 노력이 가상했는지 그녀가 드디어 웃었다. 함께 연습실을 빠져나와 떡볶이를 먹었다. 떡이 여섯 개 남아서 그걸로 하트를 만들었다. 내가 이렇게 오글거리는 인간인지는 나도 처음 알았다. 호진 씨가 엄마한테 라볶이를 해줬을 때, 라면

사리로 하트를 만들어줬던 기억이 떠올랐던 것 같기도 하다. 호진 씨는 오글거리는 인간의 표본이었다. 엄마는 무척 무뚝뚝한 인간이었는데, 생각해보면 그건 나의 착각인지도 모르겠다. 원래 엄마도 오글거리는 인간이었는데, 내 앞에서만 무뚝뚝한 거였을 수도 있다. 아니면 그 여인네의 숨어 있는 재능이 호진 씨한테만 발휘된 건지, 그도 아니면 사랑의 힘이 그녀를 미치게 만들었는지는 알 수 없지만 둘의 행태는 정말 눈 뜨고 봐줄 수가 없었다.

　호진 씨가 TV를 보다 말고, 내게 물었다.

　"저 배우보다는 우리 효리 씨가 훨씬 예쁘네! 근데 하하야, 효리 씨의 어디가 제일 예쁜 거 같아?"

　"글쎄요."

　"혹시 쌍꺼풀 수술한 거 아니니?"

　"평생 같이 살아도 눈 위에 반창고 붙이고 있는 건 못 봤는데?"

　"그래? 쌍꺼풀도 안 했는데 눈이 저렇게 예뻐?"

　엄마는 웃음을 감추지 못했다.

　"하하야, 호진 씨는 정말 이상해."

　"왜? 뭐가?"

　"무슨 남자가 TV 드라마를 보면서 그렇게 우니? 기가 막혀!"

　"내 말이! 나도 그건 이상하다고 생각해."

　"어머나! 사람이 얼마나 심성이 고우면 그러겠니? 감정이입이 금방 돼서 그런 거라고. 순수하니까."

다시는 이런 인간들 사이에 끼는 일은 없었으면 좋겠다고 기도를 하고, 절대 이런 인간들처럼 안 되겠다고 숱한 다짐을 했건만, 눈앞에 펼쳐지는 풍경들이 죄다 이런 식이었으니 어찌 습득이 되지 않았겠는가? 이래서 어른들이 집안 교육을 중요시 하는 걸 거다. 무의식중에 보고 배우는 것 때문에!

나의 무의식으로 만든 하트를 보고, 그녀의 입꼬리는 하늘까지 올라갔다. 우린 떡볶이를 다 먹고는 아이스크림을 먹기로 손가락을 걸었다. 가느다란 손가락이 내 손에 들어왔다. 짧은 순간이었지만 그 감각은 이미 내 몸속에 빠르게 스캔 되었다. 그녀는 내 주머니 사정까지 아는 듯 아이스크림을 샀다. 소프트 아이스크림만큼 걷는 것도 뛰는 것도 이야기도 웃음도 모두 달달했다.

"학교에서 우리 공식 커플 할까?"

나의 제안을 그녀는 단박에 거절했다.

"너무 요란 떠는 거 같아서 별로!"

예상 가능했던 답변이라 놀라지 않는데도 불안감이 몰려왔다. '문어 다리'라는 단어가 떠올라 더 강하게 밀어붙였다.

"그래도 커플이라고 소문을 내야 다른 사람들이 들이대지 않는다고! 난 다른 사람이 여진 씨한테 들이대는 거 싫어!"

그녀는 대수롭지 않게 대답해 왔다. 씨익 웃기까지 하면서.

"아이쿠, 귀여우셔라! 하하야, 요새도 그런 사람들이 있어? 소문이 나든 말든 들이댈 사람은 다 들이댈 텐데……. 그리고 난 다른 사람이 들이댄다고 해서 마음에도 없는 사람을 만나거나 하지는 않으니까 걱정 마셔!"

난 고개를 저었다.

"그래도 공식 커플이라고 하면, 적어도 밴드부 안에서는 함부로 여진 씨한테 사귀자고 하지는 않을 거야!"

정건 선배를 떠올리며 완강하게 버텼다. 하지만 그녀 또한 몇 가지 이유를 대며 분명히 했다.

"밴드부 공식 커플이 되면 첫째, 너나 나나 자유롭지 못해! 만약에 너랑 나랑 동시에 모임에 나가지 못했다고 쳐봐. 그럼 사람들은 '둘이 만나느라 못 오는구나' 하면서 제멋대로 상상을 할 거야. 의심의 눈길로 말이지. 둘째, 선후배 관계라서 밴드부 사람들 모두가 불편해질 것 같은데? 너랑의 호칭 문제까지도 관여할 거고. 셋째, 사람 사귀는 일에 꼭 소문을 내야 해? 저절로 알게 되면 할 수 없지만 미리 이야기해서 알릴 필요까지는 없다고 봐."

난 걸음을 멈추고 말했다.

"몇 가지 오해도 생기고 불편함도 있겠지만, 좋은 점도 많을 거야. 둘이 만나기도 훨씬 수월해질 테고! 처음에야 놀라겠지만, 시간이 지나면 사람들도 곧 익숙해질 거고. 혹시라도 둘이 있는 걸 다른 사람이 보면 괜한 오해만 사고, 그것 때문에 이상한 소문이 도는 것보다는 미리 말하는 게 나을 것 같은데?"

그녀는 어깨를 들썩이더니 앞서 걸었다. 난 그녀를 놓치지 않으려고 속도를 맞췄다.

"내 사생활을 모두에게 밝혀야 할 이유도 없고, 그리고 싶지도 않아. 밴드 내에서 공식 커플을 하다가 혹시라도 헤어지게 되면 꼭 둘 중의 하나는 그만두더라."

"뭐야? 만난 지 얼마 되지도 않았는데, 왜 벌써 헤어지는 걸 생각하는데?"

"누군가가 피해를 보게 되니까, 미리 방지하자는 거지. 더구나 사람 마음을 누가 알겠어? 좋아 죽을 것 같아도 내일 당장 싫다고 헤어지기도 하는 게 사람이던데!"

"헐! 누, 누가 그래?"

"이제껏 많은 선배들이 그래 왔어. 우리의 조상들이 그래 왔다고!"

"뭐야? 조상들씩이나?"

슬쩍 다른 의심이 들었다.

"혹시 내가 창피한 거야? 그래서 지금 내가 싫다는 거야?"

그러자 그녀는 마구 웃었다.

"무슨 소리야! 이렇게 귀여운 남친을 누가 싫어해! 난 지금 널

보기만 해도 가슴이 뛰는데!"

"가슴이 뛴다고? 진짜?"

순간 너무도 감격스러웠다. 내 마음 어느 구석에 있었는지 모르는 용기가 불쑥 튀어 나왔다. 덥석 그녀의 손을 잡았다. 그녀는 손을 빼지 않았다. 손을 잡는 동안 난 아무 말도 못 했다. 그저 손에서 느껴지는 그녀의 온도와 내 심장 소리만 크게 들릴 뿐이었다. 나풀거리며 날아가는 나비의 날개처럼 내 손은 아주 미세하게 떨리고 있었다. 오직 손과 손이 닿는 그 느낌, 내 손이 촉촉해지는 그 느낌에만 온 신경이 머물렀다. '플라토닉한 사랑은 없다'라는 확신이 들었다. 나같이 고결한 인간도 이렇게 손을 잡고 싶어 안달을 하는데, 또 손을 잡고 나니 세상을 다 얻은 것 같은데, 어찌 일반 인간들이 플라토닉한 사랑을 할 수 있겠는가? 아! 무지 좋다. 이 떨림의 순간이!

오래도록 그녀와 잡은 손을 놓지 않았다. 우린 홍대 앞을 서성이다가 놀이터로 향하는 계단에 올랐다. 벤치에 앉아 잠시 쉬는데, 그녀는 내게 기타를 달라고 했다. 손을 놓고, 기타를 내밀었다. 손을 놓자마자 그새 허전해졌다. 그녀는 기타 줄을 맞췄다. 그러고는 카포를 끼워, 한 음 한 음 짚어가며 기타 줄을 튕기기 시작했다. 아! 이 노래! 영화 〈Once〉의 OST 〈Falling Slowly〉다.

그녀가 읊조리기 시작했다.

I don't know you. But I want you. All the more for that.

얼른 핸드폰으로 가사를 검색했다. 그러고는 조용히 화음을 넣었다.

Words fall through me. And always fool me. And I can't react.

아무에게도 들려주고 싶지 않은 목소리였지만, 저절로 입술이 들썩거렸다. 반복된 음에다 음역대가 높지 않아서 어렵지 않았다. 내 목소리가 후지든 아니든, 목소리 톤이 맞든 안 맞든, 시원한 바람에 취했는지 가로등 불빛에 취했는지 난 노래 속으로 들어갔다. 함께 밥을 먹고 함께 걷는 것보다 함께 노래를 한다는 것이 훨씬 더 내 마음을 부풀게 했다. 난 천천히 노래 속으로, 그녀 속으로 빠져들고 있었다.

14

'탁, 탁, 탁, 탁.'

은규가 드럼 스틱을 두드리면서 카운트를 시작했다. 긴장감이 흘렀다. 순간 이현이의 기타 선율이 연습실의 공기를 하나하나 깨웠다. 드럼이 조용히 들어오고, 혜민이의 기타 스트로크와 청원이의 베이스가 따라 들어왔다. 보컬 수영이가 들어올 차례였다. 첫 소절을 불렀다. 아, 그런데 이 쭈뼛거림!

'가자, 가자!'

속으로 수영이에게 주문을 걸었는데, 수영이는 내 주문을 못 들었다. 몇 소절 불러보지도 않고 멈췄다. 아직 난 키보드를 눌러보지도 못했다.

은규는 다시 스틱을 두드렸다.

"자, 다시 간다!"

하지만 마찬가지였다. 수영이는 얼굴이 붉어진 채 스탠드 마이크 앞에서 멍하니 있었다.

"야, 뭐야!"

이현이었다.

"키가 안 맞아서 그래! 왜 남자 곡을 선곡한 거야. 짜증 나게!"

수영이가 도리어 화를 냈다.

우리는 매주 올드팝이나 브릿팝, 혹은 하드록 중에서 한 곡을 골라 카피해 오기로 했다. 코드만 카피하는 것이 아니라 악기의 멜로디 라인까지 악보로 그려 오고, 합주할 수 있게 해 와야 했다. 내 생각에는 보컬이 제일 쉬울 것 같았다. 하지만 보컬을 맡은 수영이만은 늘 숙제를 해 오지 않았다.

"이 노래가 남자 키라서 힘들다고? 우리 지금 여자 키로 바꿔서 연주했거든! 네가 숙제를 안 해 와서 그런 거지!"

모두 수영이를 몰아세웠다.

"안 해 오는 게 아니라 못 해 온 거야!"

"말이 돼?"

내 말에 수영이는 날 노려보면서 말했다.

"멜로디 라인을 악보로 옮기는 게 그렇게 쉬운 일인 줄 알아?

하긴, 절대음감이 뭘 알겠어?"

수영이의 비꼬는 태도에 화가 났지만, 어제 여진 씨가 했던 말이 떠올라 아무 말도 못 하고 있었다.

"하하야, 근데 너 대학 갈 거야?"

"당연한 거 아냐? 갈 수만 있으면 가야지!"

"하긴, 넌 잘하니까! 그나저나 난 대학 갈 수 있을까? 실용음악으로 대학 가기 정말 힘들잖아! 전국에 날고 뛰는 사람이 한둘도 아니고, 그렇다고 대학이 많은 것도 아니고! 재수, 삼수를 해도 못가는 사람은 수천 명이 넘어."

"그러니까 열심히 해야지!"

"열심히 한다고 다 되나? 피아노와 기타 같은 악기들은 연습하고, 죽도록 파고 하면 될 수도 있겠지만, 보컬은 무조건 연습한다고 되는 건 아닌 것 같아. 혁수도 그렇잖아. 열심히 하는 것 같지도 않은데, 노래 하나는 끝내주게 부르니까."

타고난 재능이 있어야만 음악을 할 수 있는 걸까? 다행히 내겐 절대음감이라는 강력한 무기가 있지만, 그런 무기도 없는 사람들은 어떻게 해야 하는 걸까? 좋아하는 것만으로는 부족한 걸까? 짝사랑만 하고 맥없이 제풀에 꺾이는 사람처럼, 음악을 하는 것도 뮤즈라는 신이 내게 와주지 않으면 그렇게 끝나게 되는 걸까?

한참 만에 수영이에게 말을 걸었다.

"내가 멜로디 라인을 악보로 만들어주면, 그땐 노래 연습해 올 거야?"

수영이는 내 제안에 놀랐는지 날 빤히 봤다. 그러고는 잠시 숨을 한 번 쉬고는 대답했다.

"생각해볼게! 대신 이번에는 팝 말고 가요로 하자. 팝은 가사 외우기도 어렵단 말이야. 그리고 남자 노래로 할 거면, 키 좀 조절해줘."

난 아이들의 반응을 살폈다. 아이들은 마지못해 고개를 끄덕였다. 이현이는 내 귀에 대고 속닥거렸다.

"진짜 재수 없어! 못하면 연습이라도 좀 해 오지. 만날 싸돌아다니고, 거울만 보는 주제에. 어휴!"

나도 이현이 생각과 별반 다르지는 않았다. 하지만 마음과는 다른 말을 했다.

"너도 그만하고, 네가 이해해라. 응!"

괜한 오지랖이었나? 할 일은 점점 많아지고 바빠졌다. 그래도 주중에는 무슨 일이 있어도 그녀를 만났다. 학원을 갈 때는 끝나는 시간에 맞춰 학원 앞에서 기다렸고, 그녀가 오는 날은 사람들 눈을 피해 작전까지 짜면서 만났다. 주말에도 만나고 싶었지만, 그녀는 주말에 친척이 하는 편의점에서 저녁 알바를 하기 때문에 시간을 낼 수 없었다. 그녀에게 남친이 많다고는 했지만, 그건 사실상 불가능했다. 우린 늘 함께 있었다. 그녀에게 다른 사람을 만날 시간은 없었다. 그녀는 나와 있는 동안 핸드폰을 들여다보는 일도 하지 않았다. 난 그녀를 독점했다.

토요일인데도 엄마는 학원에 가지 않았다. 밤에 잠깐 한두 마디 하는 게 고작이던 우리의 모자 관계는 평소보다 여유 있는 분위기에서 아점을 맞았다.

"오늘 수업 없어?"

"가볼 데가 있어서, 주중에 보충하기로 했어. 아 참! 이따 많이 늦을 것 같은데…… 혼자 밥 먹을 수 있지?"

"언제는 혼자 안 먹었나? 걱정 마셔!"

엄마는 느긋하게 외출 준비를 하더니, 등산복 차림으로 내 앞에 섰다.

"산에 가려고?"

"산은 아니고 야외로 나가는 거야! 등산복이 편할 것 같아서……."

"새로 샀나 봐? 못 보던 건데!"

"예뻐? 홈쇼핑에서 세트로 팔기에, 큰맘 먹고 질렀지!"

그때를 놓치지 않았다.

"엄마, 나도 지르고 싶어! 나 요즘 진짜 거지야. 엄마, 제발 용돈 좀 올려줘. 응?”

애교로 시작했다. 엄마는 눈을 가늘게 떴다.

“요새 정말 왜 그러니? 대체 얼마가 필요한 거야? 돈을 쓰는 경위를 알아야 주든지 말든지 하지! 식대 얼마 교통비 얼마, 이런 식으로 정리를 해서 알려줘. 그럼 그것 보면서 용돈 조정할게.”

아놔! 이 여인네 또 시작했네.

“정해놓고 쓰기가 얼마나 어려운데! 나도 모르게 돈이 술술 나간단 말이야!”

난 엄마의 옷을 잡아끌었다.

“어머나, 애가 왜 이래! 그러니까 더 계획적으로 정리해봐야지. 이따 다시 이야기하자. 엄마 지금 늦었어!”

엄마는 서둘러 나갔다. 정말 대충 넘어가는 법이 없다. 엄마가 나가자마자 어딘가에서 벨소리가 울렸다. 식탁 위에 놓여 있던 엄마의 핸드폰에서 나는 소리였다.

어휴, 그럼 그렇지! 그렇게 잘난 척하면 뭘 해? 만날 질질 흘리고 다니는 걸!

핸드폰을 집어 들었는데, 화면에는 ‘두보’라고 써 있고, 이름 옆에는 하트가 세 개나 그려져 있었다.

“두보?”

그때 ‘띠리리’ 하고 다시 문이 열렸다. 엄마였다.

"하하야, 가방에 핸드폰이 없어! 핸드폰 있나 찾아봐 줄래?"

현관에 서 있는 엄마에게 핸드폰을 전해주면서 물었다.

"근데 두보가 누구야? 두보라면 중국의 유명한 시인인가 뭔가 아냐?"

엄마 얼굴이 벌게졌다. 엄마는 핸드폰을 거머쥐고는 잠시 머뭇거렸다.

"이따 갔다 와서 이야기해줄게!"

문을 닫고 나갔다. 유치하게 두보가 뭐야? 하트는 또 뭐고! 왜 이따 말해? 지금 얼른 말하면 되는 걸! 버럭 짜증이 일었다.

예감이 좋지 않았다. 내가 눈감고 모르는 척하려 해도 이건 모를 수가 없다. 엄마는 등산복을 좋아하지도 않고, 홈쇼핑에서 풀 세트로 급하게 옷을 살 사람도 아니다. 엄마를 이렇게 변하게 하는 건 딱 하나의 경우뿐이다. 엄마가 호진 씨를 처음 만났을 때, 그때도 엄마는 눈에 띄게 변해갔다. 급격하게 살을 뺐다. 살점 대신 적당한 근육과 라인을 만들었고, 라인을 자랑하고 싶어 안달이 난 듯 노출이 심한 옷을 입기 시작했다. 엄마의 치마 길이는 날이 갈수록 짧아졌고, 윗옷은 점점 달라붙어가더니만, 어느 날에는 목덜미와 왼쪽 어깨 사이에 ♥LOVE♥ 문신까지 하고 나타났다. 10분 안에 모든 남자를 꼬실 수 있다는 이효리처럼.

엄마가 나가고 나니, 몸이 축 늘어졌다. 소파에 드러누워 TV를 켜고 동시에 핸드폰으로 검색을 했다. 그러다 나도 모르게 잠이 들었다. 어스름해질 때쯤에야 눈이 떠졌는데, 정확히는 기억나지 않지만 무슨 꿈을 꾼 것 같았다. 시험을 보러 갔는데, 너무 늦게 가서 시험장에 못 들어가는 꿈이었던 거 같기도 하고, 시험장에서 가방을 잃어버린 거 같기도 하고, 하여튼 꽤나 찝찝했다.

거실 불을 켜고 라면을 끓이면서 이어폰을 귀에 꽂았다. 재즈 피아니스트 'Keith Jarrett'의 〈My song〉이라는 곡이 흘러나왔다. 낙타 쌤이 권했던 곡인데 장난이 아니었다. 그의 화려한 테크닉은 지구를 넘어 범접할 수 없는 우주의 세계로 가는 듯했다. 몰두해서 듣는데 갑자기 배가 고파오면서 피로감이 몰려왔다. 이어폰을 빼고 라면을 끓여 후루룩 들이켰다.

6월도 한가운데를 지나선지 집 안은 꽤 답답했다. 베란다로 나가 창문을 열려는데, 식물들이 너무 많아서 발 디딜 틈이 없었다. 까치발로 스티로폼 사이를 비집어 겨우 목적을 달성했다. 후끈한 바람이 들어왔다.

다시 방으로 들어와 낙타 쌤이 내준 숙제를 하려고 책상 앞에 앉았다. 악보 노트를 펼치는데, 뭔가가 툭 떨어졌다. 노란 메모지를 주워 들었다. 낯익은 글씨였다.

머리로 외우지 말 것! 손가락으로 외울 것! 애드리브 순간에도 절대
심장을 믿지 말 것!

　　　　　　－ 오늘의 할 일 (C, D 도리안 스케일 연습 － 각 100번씩)

애드리브 순간에도 심장을 믿지 말라고? 즉흥적으로 연주하는
애드리브는 보통 심장에 삘이 꽂혔을 때 나오는 거 아니었나? 그
런데 그 순간에도 심장을 믿지 말라니! 오호, 참 그럴듯하지만 말
도 안 되는 말이었다. 그래도 무슨 뜻으로 이야기한 건지는 대충
알 것도 같았다. 언젠가 담임선생님도 이런 비슷한 말을 한 적이
있었으니까.

"처음 무대에 서면 너무 떨려서 머리가 하얗게 되는 법이야. 그
건 누구나 마찬가지지. 악기를 연주할 때나 혹은 노래를 할 때도.
그러니까 절대 머리로 외울 생각 하면 안 돼! 손으로 외우고, 입으
로 익혀야지. 그러려면 죽도록 연습하는 수밖에 없어. 몇 번이고
반복해서 외우고 또 외워야 해. 그래야 애드리브도 나오는 거니까.
애드리브는 우리가 외운 것 중에서 나오는 거야. 무의식중에."

딱 거기까지였다. 선생님도 심장을 믿지 말라는 말은 안 했는
데……. 그래, 파이팅이다. 박영아! 네가 한 술 더 떴구나. 네가 갑
이다, 갑!

영아와 말을 안 하고 지낸 지도 꽤 됐다. 전공 수업 시간에 불편

했던 건 사실이지만, 먼저 말을 걸 만큼 불편하지는 않았다. 그렇다고 영아의 신경을 거슬리게 하고 싶지는 않아서 낙타 쌤이 내준 숙제만큼은 열심히 해 갔다. 지난주 목요일에 낙타 쌤 밴드의 공연이 있었는데, 쌤이 티켓까지 주면서 오라고 했다. 그런 곳에서 영아랑 만나는 것도 거북할 것 같고, 여진 씨도 안 가겠다고 해서 깨끗이 포기했다. 아, 그러고 보니 낙타 쌤한테 못 간다고 문자라도 넣었어야 했는데! 헐, 나 인간관계 포기한 거임?

작곡 숙제는 딱 반을 했다. 정확히 말하면 아홉 번째 마디, 첫 번째 박까지 했으니 반은 넘긴 셈이었다. 뿌듯했다. 여진 씨한테 자랑하고 칭찬받고 싶었다. 잠깐이라도 여진 씨를 보러 갈까? 알바를 하는 곳으로 가 깜짝 놀라게 해줄까? 서둘러 집을 나섰다. 잠을 충분히 자서인지 몸도 발걸음도 가벼웠다. 정확한 장소는 몰랐지만 충정로 지하철역 부근의 편의점이라고 했던 것 같다. 9호선을 타고 당산에서 2호선으로 갈아탔다. 신촌을 지나가면서 문자를 넣었다. 연락이 안 왔다. 지하철에서 내려 다시 문자를 넣었다. 9시가 다 되어가는데도 답이 없었다. 카톡을 보내도 1이라는 숫자는 그대로 있었다. 지하철역 주변을 서성거리다 근처 편의점을 기웃거렸다. 서너 군데를 다 돌아다녀도 그녀는 없었다. 집에 갈까 하다가 그녀네 집 앞 버스 정류장으로 가봤다. 버스를 타고 세 정거장을 지나 내렸다. 잠시 두리번거리는 사이, 내 심장이 얼어붙었다.

그녀였다. 분명! 잘못 봤나 싶었지만, 그녀가 신고 다니는 하얀 스니커즈와 줄무늬 티셔츠! 틀림없다. 하지만 그녀는 혼자가 아니었다. 그녀는 대학생쯤으로 보이는 남자의 손을 꼭 잡은 채, 나를 스쳐 지나갔다.

머릿속이 하얘졌다. 그녀를 부르면 돌아볼 것도 같은데, 내 몸속의 모든 기관이 굳어져 입 하나 뻥긋하지 못했다. 어떤 판단도, 어떤 행동도 할 수 없었다. 그러다 스르륵 다리 힘이 풀렸다. 버스 정류장에 멍하니 앉았다. 어떻게 집에 돌아왔는지는 나도 모르겠다.

이리 누워도 저리 누워도 잠이 오지 않았다. 그녀가 남자와 손을 잡고 걸어가던 뒷모습이 자꾸만 떠올랐다. 그 자리에서 옆에 있는 놈의 멱살이라도 잡고 누구냐고 따졌어야 했나? 아님 그녀에게 '너, 어떻게 이럴 수가 있어?' 하면서 뺨이라도 후려쳐야 했나? 물론 그녀는 남친이 많다고 했었다. 그게 농담이었는지 진담이었는지 확실히 알 수는 없었지만 난 그래도 고백을 했다. 내가 미쳤다. 왜 그랬을까? 왜 난 이렇게 불리한 싸움을 했을까? 아무리 그래도 너무한 거 아닌가? 그녀도 분명 나를 보면 심장이 뛴다고 했다. 내가 사귀자고 할 때 좋다고도 했다. 그런데 어떻게 나 말고 다른 사람을 만날 수 있지? 어떻게 다른 남자와 손을 잡고 다닐 수 있지? 어제까지만 해도 나와 키득거리며 웃고 즐겁게 거리를 걸었는데, 어떻게 하루도 지나지 않아 다른 사람을 만나 또다시 시시

덕거리는지, 아무리 생각해도 이해가 되지 않았다.

거실로 나와 물을 한 잔 마시려는데, 잔을 든 손이 부르르 떨려왔다. 벽을 향해 잔을 던지고 싶다는 충동, 물을 여기저기 뿌려버리고 싶은 마음이 불쑥불쑥 일었다. 아니, 그러면 안 된다고, 결국 치워야 하는 것도 내 몫이고, 봐줄 사람도 없는데 성질내봤자 나만 괴로운 일이라고 스스로를 다독였다.

침대에 다시 누워 뒤척이는데 '띠링' 현관문이 열리는 소리가 들려왔다. 발자국 소리가 나고 화장실 물 내리는 소리도 들렸다. 그러고는 이내 빼꼼 내 방문이 열렸다.

"불 켜고 자는 거니?"

대답을 않자, 엄마는 내 방의 불을 껐다. 난 등을 돌려 모로 누웠다. 새벽 3시를 넘어서고 있었다.

15

핸드폰 벨소리에 잠에서 깼다.

"야, 아직도 자냐? 나 신발 사러 가려는데 같이 가자."

이현이었다.

"바빠!"

"바쁜 놈이 여적 자냐! 얼렁 일어나!"

시계를 봤다. 12시가 다 되었다. 잠시 더 뒹굴뒹굴하다가 덥기
도 하고 배가 고프기도 해서 마지못해 자리에서 일어났다.

또다시 빈집이었다. 식탁 위에는 메모 한 장과 만원이 놓여 있
었다.

수업이 일찍부터 있어서……. 어제 못 나눈 이야기는 저녁에 하는 걸로! 미안! 고구마 쪄뒀어. 이따 전화할게.

고구마를 입에 물고, 핸드폰을 들여다봤다. 문자 한 통 없다. 어제 그렇게 많은 문자를 보냈는데, 어떻게 지금까지도 답을 안 하는지 이해할 수 없다. 나쁜 기집애! 나쁜 년! 온갖 욕이 입안 가득했다. 전화를 다시 걸어볼까? 아니다, 전화를 거는 일은 자존심을 넘어 굴욕이다. 일단 기다려보자. 연락이 올 때까지!

핸드폰만 만지작거렸다. 페이스북도 하고 카페에 들어갔다 나오고 게임을 하면서도 카톡 소리가 울리기만을 기다렸다.

그러다 카톡이 왔다. 1초간 심장이 내려앉았다. 또 이현이었다. 괜히 심장만 수고했다.

야, 신촌으로 나와!
됐다고!
안 나오면, 너희 집으로 쳐들어간다.

아니다. 어쩜 이현이를 만나는 게 나을 수도 있겠다. 이렇게 넋 놓고 마냥 그녀의 연락을 기다리는 것보다는…….

좋아, 그럼 3시에 보는 걸로!

이현이는 슬립온을 한 켤레 사겠다고 했다. 신촌역에서 만나 백화점을 한 바퀴 돌았다.

"뭐 신발이 이렇게 비싸. 야, 안 되겠다. 이대 앞으로 가자!"

군말 없이 따라갔다. 이 가게 저 가게를 기웃거리더니, 아무래도 인터넷에서 사야겠다면서 그냥 가겠다고 했다. 뭐 이런 놈이 다 있나 싶어 이현이의 머리통을 쥐어박았다.

"야, 그냥 사! 언제 인터넷 하고 또 언제 고르고 또 배송 받고 하겠냐? 저거 괜찮구만!"

이현이는 내 구박에 못 이겨서 밤색과 베이지색이 섞인 신발 한 켤레를 샀다. 이현이는 새로 산 신발로 얼른 갈아 신었다. 슬림 핏의 베이지색 바지를 입어선지 운동화보다는 훨씬 폼이 나긴 했다.

신발 한 켤레에 어깨까지 잔뜩 힘을 주고 걷는 미친놈은 이현이밖에 없을 거다. 이현이는 세상에 떠도는 온갖 허세를 신발 위에 척 얹어두었다. 걸으면서 뒷주머니에서 빗을 꺼내 머리를 빗었다. 머리를 만지면 만질수록 이마에 있는 여드름이 드러났다.

"야, 사람들 다 쳐다본다! 그만 좀 해."

"보긴 누가 본다고!"

이현이는 주변을 둘러보고 슬그머니 뒷주머니에 빗을 숨겼다.

저녁시간이 다 되어가는데도 아직까지 밥다운 밥을 못 먹었다는 생각이 들자, 갑자기 허기가 밀려왔다. 걷는 것도 힘들었다.

"일단 밥 좀 먹자!"

이현이가 편의점에서 먹자고 했지만, 여유 있게 앉아 배불리 먹고 싶었다. 분식집으로 들어갔다. 비빔밥을 주문하고 기다리는데, 이현이가 오른쪽 다리를 떨면서 말했다.

"야, 핸드폰 좀 그만 봐라! 아까부터 계속 핸드폰을 들었다 놨다, 정신 사나워서 죽겠다. 너 문자 기다리지? 왜? 연락이 안 되나 부지?"

"시끄러! 네 다리가 더 정신 사납거든!"

"어쭈? 어디다 대고 성질이야? 너 오늘 좀 이상하다? 왜, 잘 안 돼가?"

"밥이나 먹어!"

주문했던 비빔밥이 나왔다. 먹을 때는 개도 안 건드린다는데, 이현이는 이런 게 아주 별로였다. 뭘 먹으려고 하면 꼭 한 소리를 했다.

"왜 딴 남자 만나든?"

"야! 그만하랬지!"

내 목소리가 분식집을 덮었다. 툭, 숟가락을 놨다. 그러고는 벌떡 일어났다.

"야! 나 아직 다 못 먹었다고!"

이현이의 말을 뒤로하고 그냥 나섰다. 씩씩거리며 걷는데, 이현이가 슬금슬금 눈치를 보면서 뒤를 따랐다. 평소 같으면 쪼잔한 놈이라는 둥, 의리가 없다는 둥 하면서 욕을 잔뜩 퍼부었겠지만, 이현이는 별말 없이 쫓아오기만 했다. 지하철역 입구에서 뒤돌아 이현이에게 멋쩍게 인사하고 헤어졌다. 한강 다리를 건너는데 지하철 창밖으로 비가 내리는 게 보였다. 우산도 없는데, 장마가 시작될 모양이었다. 당산에서 9호선으로 갈아타고 집에 가려다 엄마 학원에 들렀다. 집에 혼자 있고 싶지 않았다.

수업 중이었다. 엄마는 창문으로 내가 온 것을 확인하더니, 입 모양으로 '5분만' 했다. 원장실에 들어가 기다렸다. 5분 후 문 여는 소리가 나더니, 엄마가 들어왔다.

"어머나, 밖에 비 오는구나! 이런, 쫄딱 젖었네! 왜 이렇게 기운이 없어 보여? 밥은 먹은 거야?"

엄마는 수건을 들고 와 내 머리카락을 탈탈 털어줬다. 난 아이처럼 가만히 있었다.

"한 타임 더 해야 하는데, 기다릴 수 있겠어? 끝나고 맛있는 밥 먹자. 응?"

난 고개만 끄덕였다.

엄마가 나가고, 이어폰의 볼륨을 높였다. '조지 벤슨(George Benson)'의 곡을 들으며 마음을 털어보려고 했지만, 마음은 축 늘어져

바닥에 딱 들러붙어버렸다. 눈을 감았다.

그때 음악이 끊어지고 카톡이 왔다. 그녀였다.

미안ㅜㅜ 약속이 좀 있었어.

바닥에 눌어붙어 있던 신경들이 한순간에 꼿꼿하게 섰다.

무슨 약속?

기회 되면, 알려줄게.

지금 만나! 내가 그리로 갈게.

집 알바 중이라 안 되는데. ㅠㅠ

무작정 학원을 나왔다. 내가 나가는 소리를 들었는지, 엄마가 수업하다 말고 쫓아 나왔다. 등 뒤로 엄마 목소리가 들려왔다.

"하하야. 어디 가? 쫌만 기다리면 끝나는데. 애, 하하야! 하하야!"

충정로역을 나오자마자 편의점 여기저기를 기웃거렸다. 그러다 역에서 50미터 정도 떨어진 골목길 사거리 왼쪽 편의점에서 그녀를 발견했다. 편의점으로 들어가 그녀 앞에 섰다. 그녀는 놀란 눈으로 날 봤다. 내 목소리는 까끌까끌했다.

"9시에 끝나지? 끝나고 나와."

그녀의 눈길과 반응을 무시한 채, 밖으로 나왔다.

기다렸다. 우산을 받쳐 들고 마냥 서 있었다. 9시를 조금 넘겨, 그녀는 가방을 들고 나왔다. 그녀가 내 곁으로 다가왔을 때, 다짜고짜 물었다.

"어제 그 남자 누구야!"

그녀의 얼굴이 굳어졌다. 그녀는 꼿꼿하고 차갑게 말했다.

"남친이야!"

"뭐? 그럼 난 뭐야!"

"너도 남친이야!"

"진짜구나! 문어 다리라더니!"

그녀는 날 노려봤다. 그녀는 휙 뒤돌아 가려고 했다. 난 그녀의 팔목을 잡아끌었다.

"가지 마. 지금 가면 안 돼! 내가 지금 이야기를 하고 있잖아!"

"그렇다면 말조심해!"

난 길게 숨을 내뱉었다. 몇 번 숨을 고르고 나니, 그제야 조금 정신이 드는 것 같았다.

"나도 남친이고, 어제 그놈도 남친이면 대체 남친이 몇 명인 거야?"

"그놈이라니! 그런 식으로 말하면 더는 말 안할 테니까."

"좋아, 그놈 취소! 어제 그 사람!"

난 다시 숨을 골랐다. 그녀의 목소리는 더 낮아지고 차가워졌다.

"지난번에 남친 많다고 분명히 이야기했잖아. 넌 그래도 나에게 고백했고."

"그, 그거야 그냥 하는 말인 줄 알았지. 농담처럼! 좋아, 그럼 하나만 묻자. 남친이 왜 그렇게 많은 건데?"

"친구는 여럿 사귀면서, 남친은 왜 꼭 한 명만 사귀어야 해?"

"허 참, 몰라서 물어? 사랑하고 우정은 다른 거니까!"

"다를 게 뭐가 있어. 여자 친구랑은 나랑 맞는지 안 맞는지 사귀어보면서 알아가잖아. 근데 왜 남자 친구는 먼저 선택하고 나중에 사귀어야 하는 거지? 얘도 만나보고 쟤도 만나보면서 내가 누구를 좋아하는지 알아가는 게 나쁜 건가?"

"그렇다면 한 명 만나고 헤어지고 나서, 또 다른 사람 만나고 헤어지고 그래야지!"

"한두 번의 실수나 싫은 점이 보이면 단칼에 헤어져야 하는 거야? 칼로 무 자르듯 그렇게 헤어져야 하는 거야? 여자 친구들은 얘도 만났다 쟤도 만났다 해도 되고, 남자 친구는 꼭 한 명만 집중해서 만나야 하는 이유가 뭔데!"

무슨 말을 해야 할지 몰랐다. 난 그저 내 마음을 이야기했다.

"이유는 나도 몰라. 다만 난 너랑 있을 때가 제일 좋아. 다른 여자들 만나고 싶지 않아. 재미가 없다고! 그뿐이야. 그래서 다른 사람을 만나고 싶지 않아. 난 너랑 영화 보는 것도 제일 좋고, 음아

이야기를 하는 것도 제일 좋아. 그게 다야!"

"나도 그럴 줄 알았는데, 꼭 그런 건 아니더라고! 난 내 심장을 믿어. 심장은 정확해. 난 널 만날 때 심장이 뛰고 흥분이 돼. 난 너를 만나러 가는 길은 나도 모르게 걸음이 빨라지고, 서둘게 되더라고! 또 너와 함께 있으면 너무 기쁘고 좋아. 근데 놀랍게도 어제 그 사람을 만날 때도 그런 마음이 드는 걸 어떡해!"

"그건 날 안 좋아하는 거야!"

참담했다. 그녀는 고개를 절레절레 흔들었다.

"아니, 그렇지 않아! 나 진짜로 너 좋아해. 아니, 사랑해! 널 보면 심장이 뛰고 같이 있고 싶고, 기쁘다고! 그게 왜 사랑이 아니니!"

"날 만날 때 심장이 뛴다고 했지? 그 사람을 만날 때도 심장이 뛴다고 했고. 그럼 둘 중에 누구 만날 때 심장이 더 빨리 뛰어? 누굴 만날 때 더 많이 뛰냐고!"

"글쎄! 그건 잘 모르겠어."

"뭐야? 지금 질문을 피해 가는 거야? 대답하고 싶은 거만 하는 거냐고!"

그녀와 나 사이에 또다시 침묵이 흘렀다. 난 다시 그녀를 다그쳤다.

"그럼 다시 물을 게. 나하고 어제 그 사람하고 둘이 동시에 만나자고 했을 때, 누구 만날 거야?"

"만약 그렇다면 널 만나겠지! 지금 마음은 그래, 암튼!"

내 목소리가 조금 수그러들었다.

"그건 네가 날 더 좋아한다는 거야. 알고 있지?"

그녀는 고개를 끄덕였다.

"그래, 그렇다면 앞으로 그 사람 만나지 마. 내가 더 좋으니까 내 말 들어!"

이쯤에서 그녀를 용서하고 싶었다. 하지만 그녀는 인상을 썼다. 그러고는 고개를 흔들었다.

"그러고 싶지 않아. 난 영화를 보거나 책을 보거나 하면 그 사람하고 만날 거야. 왜 네가 그런 것을 상관해야 하는 거지?"

이를 악물었다.

"둘 중에 하나만 선택할 수 있어. 난 네가 그 남자랑 있는 거 싫어. 네가 좋아하는 사람이 싫어하는 일이라면 하지 말아야 하는 것 아냐? 그게 진정한 사랑 아닌가? 네가 더 좋아하는 사람 이야기를 듣는 게 진정한 사랑 아니냐고!"

"널 더 좋아할 수는 있지만, 내가 너랑 똑같은 방식으로 살아야 할 이유는 없다고 봐. 똑같은 방식으로 사랑할 이유도 없고!"

"그래? 그렇다면 못 하시겠다는 말씀이구나. 사랑에 대해 바라보는 게 같든 다르든 간에, 한 가지만 충고할게. 아무 남자하고 손막 잡고 그러는 거 아니야! 오늘은 이 남자 손잡고, 내일은 저 남자 손잡고, 그러는 게 어떻게 보이는지는 알고 있지! 너 엄청 쉬워 보여. 쉬운 여자로 보인다고!"

그녀의 표정이 일그러졌다. 그녀는 숨을 몇 번 쉬는 듯했다. 그러고는 내 눈을 보면서 똑똑하게 말했다.

"네가 말하는 쉬운 여자라는 게 뭔지는 모르겠지만 난 내가 좋아서 손잡는 거야. 그 사람이 좋아서 잡는 거라고! 감정을 솔직하게 표현하지 못하면서 튕기고 내숭 떠는 것보다는 난 쉬운 게 낫다고 생각해!"

"그래! 그럼 앞으로는 남자 만날 때 난 쉬운 여자라고 먼저 이야기해. 그게 예의야, 예의! 그리고 난 다시는 너 안 봐! 이걸로 끝이라고 끝!"

그러고는 뒤도 돌아보지 않고 집으로 왔다. 기가 막혔다. 대놓고 그렇게 뻔뻔하게 너도 남친이고 쟤도 남친이라고, 너도 사랑하고 쟤도 사랑한다고 어떻게 말할 수 있지? 그게 어떻게 정상인가? 도무지 이해할 수가 없었다. 미쳤다. 미친 거다. 어디서 그런 거지같은 이야기를 하는지! 재수 없다. 똥이다, 똥!

16

다음 날에도 그다음 날에도 전화를 걸어 따지고 싶었다. 전화를 걸어 미친년아, 야! 이 미친년! 하고 욕을 내뱉고 싶었다. 오다 가다 우연히 마주친다면 침이라도 퉤! 뱉어주고 싶었다. 뺨이라도 날리고 싶었다.

"오하하, 숙제를 왜 여기까지밖에 안 해 왔어. 요즘 너 왜 그래? 음악 안 할 거야?"

낙타 쌤이 작곡 노트를 탕탕 쳐가면서 말했다.

"왜 감각만 믿는 거야. 숙제를 제대로 안 하니까 늘 그대로잖아. 영아에 비하면 넌 전혀 늘지 않았어!"

쌤의 날카로운 말들이 나를 찔렀다. 난 웅크린 채 가만히 있었다.

음악이고 뭐고 다 귀찮았다. 학교고 뭐고 다 때려치우고 싶었다.

영아를 보면 늘 답답했다. 정말 음악을 좋아하는가 싶었다. 영아는 기계적으로 피아노를 쳐댔다. 감정은 어딘가에 던져두고 손가락으로만 연습했다. 그런데 그런 영아는 실력이 늘었단다. 난 전혀 늘지 않았고.

길을 걸을 때도 음악을 듣고, 노랫말을 떠올리며 상상을 하고, 선율에 몸을 맡기며 살았다. 기분이 꿀꿀하면 꿀꿀한 대로 연주를 하고, 기쁘면 기쁜 대로 연주를 했다. 그러면 되는 거 아닌가? 음악을 수학 문제를 푸는 것처럼 꼭 그렇게 해야 하나? 엉덩이 붙이고 같은 곡을 계속 쳐대고, 조를 바꿔 연습하고, 리듬을 바꿔가며 반복해야만 훌륭한 연주자가 되는 걸까? 언제 올지도 모르고, 눈에 보이지도 않는 미래를 위해서 따분하게 반복만 해야 한다면 거부하겠다. 그 방법만이 훌륭한 연주자가 되는 길이라 해도 그런 길을 걷지는 않겠다. 미래를 위해 현재의 즐거움을 빼앗기고 싶지는 않다. 어른들은 매일 내일을 위해 살라고 하지만, 따지고 보면 내일도 내일이 되면 오늘로 변하게 된다. 사실 우리에게는 오늘만 있을지 모른다. 음악은 즐기기 위한 것이 아니던가? 오늘, 이 시간 노는 것처럼 즐겁게 연습하고 연주하다 보면 내일이라는 그 시간에는 저절로 실력이 좋아지지 않을까?

현재가 즐겁고 싶다. 지금이 가장 즐겁고 싶다. 그런데 난 지금 즐겁지 않다. 내가 즐거웠던 날이 언제였던가? 그녀와 함께했던 날들만 떠올랐다. 하지만 난 그녀를 잊어야 한다. 그녀를 이해할 수가 없으니까. 사랑은 하나다. 하나뿐이다. 내가 그녀를 사랑하는 것처럼, 오로지 그녀만을 사랑하는 것처럼 그녀도 나만을 사랑해야 한다. 만나서 그녀에게 다시 묻고 싶다. 어떻게든 만나서 설득하고 싶다. 아니다. 만나면 나만 상처받을 게 뻔하다. 그렇다면 그냥 잊자. 잊어야 한다. 더 이상 두부처럼 물컹이지 말자. 술렁이는 마음을 다잡고 흐물거리는 영혼을 일깨우고 단단해져야지! 방법은 없다. 일단 뭔가에 몰두해보자. 내가 몰두할 수 있는 건 그래도 음악뿐이다. 그녀를 잊을 수 있는 건 그래도 음악뿐이다. 음악!

집에 돌아오자마자 엄마에게 전화를 걸었다.

"엄마, 나 피아노 사줘!"

"피아노? 느닷없이 웬 피아노야?"

"피아노 전공이면서 집에 피아노 없는 사람 나밖에 없어. 웬만하면 좀 사줘."

"그래도 엄마가 수업하는데 전화 걸어서 그런 이야기를 하는 건 아니잖아. 난 또 무슨 큰일난 줄 알고 받았더니……"

"나에게 이 일은 아주 큰일이라고. 그러니까……"

"하하야, 이따가 집에서 이야기해. 일단 끊어."

엄마가 웬일인지 일찍 들어왔다.

"하하야, 이야기 좀 하자."

"피아노 문제면 오늘 이야기하고 다른 이야기라면 내일 이야기 해. 지금은 좀 피곤해."

"피아노 문제는 이렇게 하는 게 어때? 내일부터 네가 전에 다녔던 집 앞 피아노 학원의 연습실을 다니는 거야. 집에 있는 시간이 많지도 않은데 피아노를 사는 건 낭비니까. 그럴 바에는 방음된 곳에서 늦게까지 연습하고 와. 선생님한테는 말씀드렸어. 열쇠 주겠다더라. 연습 끝나면 문 잠그고 오면 돼. 일단 한 달 등록했으니까 잘 다녀봐."

"시도 때도 없이 불쑥불쑥 피아노가 치고 싶을 때가 있단 말이야. 연습실까지 가려면 씻어야 하고, 옷 갈아입어야 하고. 그러는 사이에 피아노 치고 싶은 마음이 싹 달아난다고!"

"오케이. 네 말이 뭔지 알 것 같아. 암튼 피아노 문제는 조금 더 고민해보자. 당장 큰돈을 마련하는 일이라 그게 그렇게 쉬운 일은 아니거든. 일단 한 달간 학원에 다녀봐. 참, 그리고……."

엄마가 뜸을 들였다. 실은 할 말이 있다는 엄마의 말을 며칠째 못 들은 척했다. 낌새가 별로 안 좋았다.

엄마는 숨을 고르고는 작심한 듯 입을 뗐다.

"하하야, 엄마 사랑하는 사람 생겼어."

그럼 그렇지! 이런 말이 나올 줄 알았다.

"누구? 두보? 난 그런 이야기 듣기 싫어!"

엄마 얼굴이 벌게졌다.

"왜?"

"몰라서 물어? 짜증 난다고! 엄마는 엄마라고! 왜 자꾸 다른 남자를 만나려고 해! 나이를 생각해!"

"엄마는 엄마라니? 난 엄마이기도 하고, 여자이기도 해. 너에게는 엄마일 수 있지만, 다른 사람에게는 애인이 되기도 하고, 또 친구가 되기도 해. 그리고 사랑하는 데 나이가 왜 중요하지? 더구나 내 나이는 서른아홉밖에 되지 않았는데! 서른아홉에는 사랑하면 안 되는 거니?"

"당연하지. 그 나이에 무슨 사랑 타령이야. 다른 엄마들은 안 그러는데, 왜 엄마만 그러냐고! 그럴 거면 호진 씨랑 결혼을 했어야지. 그랬으면 이 남자 저 남자 아무 남자나 안 만났을 거 아냐! 호진 씨가 결혼하자고 그렇게 졸랐는데, 엄마가 뭔데 마다해. 엉?"

호진 씨와 함께 산 지 한 달쯤 되었을 때, 호진 씨는 엄마가 외출한 틈을 타, 집안 구석구석에 풍선을 달았다. 그러고는 하트 모양으로 초를 배열하고, 멋진 옷으로 갈아입었다. 엄마가 현관문을 열었을 때, 호진 씨는 꽃다발과 반지를 들고 엄마에게 청혼했다.

"효리 씨, 사랑해요. 결혼해줘요."

그 순간 엄마는 눈물을 흘렸다.

"호진 씨 정말 고마워!"

엄마는 호진 씨를 꼭 껴안았다.

이제 우리 집에도 결혼사진이 붙겠구나 하면서 흐뭇해하고 있는데, 엄마는 또다시 잘난 척을 시작했다.

"호진 씨 마음만 받을 게. 난 자신 없어. 당신도 힘들 거고. 당신 부모님들도 허락하지 않을 거야. 누가 아이까지 딸린 사람을 좋아하겠어. 더구나 당신은 총각인데."

그 말을 듣는 순간, 내 존재가 부끄러워졌다. 하지만 호진 씨는 아주 당당하게 내 존재를 인정해줬다.

"아이가 있는 게 어때서? 저렇게 착한 아들이 있으면 더 좋은 거 아냐? 그런 건 절대 걱정하지 마. 집안 문제는 내가 알아서 할 테니까."

"아니야. 괜히 그랬다가, 상처만 받을 거야. 호진 씨 부모님뿐만 아니라 호진 씨도 나도, 또 우리 하하도 모두 힘들어져."

"어차피 한 번은 거쳐야 하는 일이라고 생각해. 난 그런 건 두렵지 않아. 그저 당신과 당당하게 결혼 생활을 하고 싶어. 다른 사람들처럼 행복한 가정을 이루면서 보란 듯이 잘 살고 싶고, 효리 씨 부모님도 불러다가 허락받고 축복 속에서 살고 싶어. 정말이야!"

호진 씨는 엄마의 손을 꼬옥 잡으면서 말했다. 하지만 엄마는 호진 씨의 손을 슬그머니 뺐다.

"난 지금 충분히 행복해. 내 인생에서 최고로 행복한 순간이야. 난 더 이상 바라는 게 없는데, 왜 굳이 결혼을 해야 하는지 모르겠어. 우리끼리 잘 살고 있는데, 내 부모나 또 호진 씨의 부모님들이 왜 우리 사이에 끼어들어야 해? 난 관계들이 얽히고설키고 하는 것이 싫어. 부담돼. 사랑은 우리 둘이서, 아니 하하까지 셋이서 하면 충분해. 더구나 난 우리 부모에게 허락까지 받으면서 결혼하고 싶지도 않고. 난 우리 엄마, 아빠라는 사람들 이미 오래전에 잊었어. 아, 아니, 암튼 그게 중요한 건 아니고, 어쨌든 난 결혼할 마음이 없어. 난 당신과 이렇게 사는 것으로 충분히 만족하고 있다고."

호진 씨의 첫 번째 프로포즈는 실패로 돌아갔다. 하지만 호진 씨는 몇 번이고 더 결혼하자고 졸라댔다. 그러던 어느 날 둘은 결혼 문제로 심각하게 충돌했다.

"난 사람들에게 효리 씨를 자랑하고 싶어. 내 와이프라고! 이렇게 예쁘고 멋지고 능력 있는 사람이 내 아내라고 자랑하고 싶다고! 그게 잘못이야?"

"꼭 결혼을 해야만 자랑할 수 있는 건 아니잖아? 애인이라고 자랑하면 안 돼?"

"애인하고 아내는 다르지. 애인은 쉽게 떠나고, 언제든지 바뀔 수 있다는 생각이 들잖아. 아무리 이혼이 쉬워졌다고 해도 아내를 바꾸는 건 쉬운 일이 아니니까. 그야말로 아내는 내 사람이라는 생각이 들잖아!"

엄마는 고개를 끄덕였다.

"맞아. 바뀌지 않고 쉽게 떠나지 않을 거라는 믿음. 난 그 믿음 때문에 결혼하기 싫어. 언제든지 떠날 수 있다는 생각이 들어야 서로 긴장하면서 잘하는 거 아닌가? 가령 내가 물고기를 낚았다고 쳐봐. 물고기를 낚기 전에는 잡고 싶어서 애를 쓰고 공을 들이다가도, 일단 잡고 나면 사람들은 그 물고기에는 관심이 없어지잖아. 마찬가지로 내 사람이 됐는데, 정성을 다해 돌보는 사람이 있을까? 난 거의 없다고 봐. 소유를 하게 되면 사람들은 안심하고, 방심하게 되고, 그러면서 사랑이라는 것도 잃게 되는 것 같아. 결혼은 사랑을 완성하는 게 아니라, 오히려 사랑을 빨리 식게 하는 촉매제인 것 같다고."

"낚시는 물고기를 잡아먹기 위해 하는 건데, 정성을 다할 이유가 뭐가 있겠어! 하지만 결혼은 함께 오래도록 살기 위해 하는 거잖아. 평생 혼자 살 수는 없는 거고, 기왕이면 사랑하는 사람이랑 함께 같이 살기 위해서 하는 거 아냐?"

"그래, 그러니까 애인인 채로 살아도 되는데 왜 굳이 결혼을 해야 하냐고!"

"결혼은 약속이고 다짐이야. 나에 대한 약속이기도 하고, 상대방에 대한 약속이기도 한 거지. 책임감을 갖고 가정을 지키겠다고 사람들한테 다짐하고 상대에게 다짐하는 거지. 다른 사람들에게 둘이 사랑한다고 공식적으로 알리는 것이니까, 그들 스스로 더 책임감을 갖고 가정을 지키려고 노력하게 될 거고. 힘든 일이 있어도 견디면서 오래 살게 되는 거지. 제도 속에서 결혼을 하게 되니까, 서로 가정을 위해 책임을 갖고 의무를 다하게 될 테고."

"책임감과 의무감을 가지면서 사는 건 사랑하는 게 아니지. 그건 그냥 정으로 사는 거야. 난 그렇게 살고 싶지는 않아. 사랑할 때까지만 함께 살고 싶어. 사랑도 없으면서 가정을 지킨다는 건 아주 끔찍한 일이야. 좋아하는 감정이 끝났는데도 남들 눈이 무서워서 지지고 볶고, 어떻게 그렇게 살아?"

호진 씨 얼굴이 붉어졌다. 호진 씨는 눈썹을 찡그리면서 말했다. 그의 목소리는 늘 부드러웠는데, 그날따라 꽤나 건조하고 까칠했다.

"효리 씨는 사랑이라는 감정이 얼마나 오래간다고 생각해? 4, 5년 됐는데도 상대방을 보면 설렌다는 건 거짓말이겠지. 처음에야 죽고 못 살 것 같지만, 함께 살면서 서로 곧 익숙해질 테고, 서로에 대해 잘 알게 될 테고, 그러면 신비함도 설렘도 없어지겠지. 싸우기도 할 거고! 그렇다고 모든 커플이 헤어지나? 그건 아니거든. 사는 건 현실이야. 세상에는 수많은 사람들이 결혼을 하고 또 오래도록 함께 살아. 그게 삶이야!"

"그래, 알아. 그걸 아니까, 그렇게 살고 싶지 않다는 거야. 세상 사람들이 다 그렇게 산다고 해서 나까지 그렇게 살아야 할 이유도 없는 거고."

"왜 자신을 세상에 맞추려고 하질 않는 거야? 효리 씨, 여태껏 힘들었잖아! 하하 키우면서도 힘들었을 거고! 세상 사람들의 편견과 곱지 않은 시선 때문에 얼마나 힘들었어?"

"물론 힘들었지. 하지만 난 사람들에게 보이면서 사는 것보다, 지금처럼 편견에 맞서서 사는 게 더 좋아. 난 호진 씨를 통해서 사랑이라는 감정에 대해 더 잘 알게 되었어. 사랑 없이 무덤덤하게 살았던 때는 정말 하루하루가 지겹고 지루하고 재미가 없었어. 그런데 당신 덕분에, 사랑 덕분에 너무 즐겁고 기쁘더라고. 결혼을 하게 되면 이런 소중한 감정들이 사라질 거야. 상대방이 언젠가는 떠날지도 모른다고 생각하면 더 잘하게 되는 것 같아. 적당한 거리를 유지하면서 긴장감을 가지고 살면 사랑이 더 오래갈 것도 같고. 난 호진 씨와 오래오래 어려워하고 조심스러워하고 설레면서 함께 살고 싶어. 난 당신을 사랑하기 때문에 결혼하고 싶지 않은 거라고!"

그날 이후로 호진 씨는 더 이상 엄마에게 결혼하자는 말을 하지 않았다.

"하하야, 너도 알겠지만 엄마는 결혼하는 거 싫어. 제도에 서로를 묶어두고 싶은 생각은 전혀 없어. 그냥 좋은 사람 있으면 같이 살고, 그러고 싶어."

하도 많이 들은 이야기라 흥분할 것도 없었다. 건들건들하게 받아쳤다.

"어련하시겠어, 그놈의 사랑! 엄마 생각만 말고, 내 생각도 좀 해줘. 엄마야 사회생활을 얼마 안 하니까 괜찮겠지만, 초등학교 때 선생님들이랑 상담을 하면 첫 질문이 뭐였는지 알아? 넌 왜 엄마랑 성이 같니? 아빠는 안 계셔? 이제껏 그렇게 당하고 살아온 나도 좀 생각해달라고! 엄마 나이에 연애하는 게 얼마나 지저분해 보이는지 알아? 동네 창피하단 말이야! 어휴, 왜 하필 엄마가 내 엄마인 거야. 짜증 나게!"

"와, 너 진짜 섭섭하다. 엄마한테 어떻게 그렇게 심하게 말하니. 내가 너 키우느라 얼마나 힘들었는데……."

엄마는 그런 말을 하면서도 전혀 요동이 없었다. 오히려 내 어깨를 툭툭 치면서 장난까지 걸었다.

"야, 근데 너 많이 컸다. 네가 이렇게 크니까 이런 이야기도 나눌 수 있고, 좋은데?"

그러고는 잠시 숨을 고르더니, 아주 조심스럽게 입을 뗐다.

"하하야, 너랑 의논도 않고 결론을 내려서 미안한데, 실은 나 학원 그만두려고 내났어."

이건 또 뭔가 싶었다.

"그럼 뭐 하려고?"

"농사지으려고!"

뜨악! 농사? 누가 농사를 짓는단 말인가? 정신이 나갔다. 말도 안 된다. 엄마는 입으로 하는 일 외에는 잘하는 게 없다. 몸을 움직여서 뭔가를 하는 사람하고는 거리가 멀다. 그건 내가 잘 안다. 아니, 하늘도 알고 땅도 안다. 그렇다면 딱 하나뿐이다.

"왜? 그 두보인가 뭔가가 같이 농사짓자고 꼬셔?"

"그런 거 아냐! 내가 같이 농사짓고 싶다고 했어. 한 번쯤은 그런 생활을 해보고 싶었거든. 그러잖아도 학원을 정리하려고 했었고."

"그런 말 한 적 없었잖아. 학원도 잘되는 편이라며. 더구나 농사는 집에서 지을 수 있는 것도 아니잖아!"

"그래서 하는 말인데, 이제부터는 정말 네 도움이 필요해. 주말에는 여기서 너와 함께 지내면서 아이들도 가르치고 집안일도 하고 살고, 주중에는 서울에서 서너 시간 가면 서천이라는 곳이 있는데, 거기서 농사지으면서 지내려고. 어차피 엄마는 주말 팀이 많으니까, 그 아이들을 집에 불러 가르치면 경제적인 것도 대충 해결될 것 같아."

"그럼 주중에는 나 혼자 있어야 하는 거야? 나 혼자 학교 다니고?"

엄마는 아무 말 없이 고개를 끄덕였다.

"이제 곧 방학이 시작되니까, 그때쯤에 내려가려고. 나중에 천천히 이야기하려다 너도 미리 준비할 게 있을 것 같아서."

얼굴에 가면을 쓰고 쿨한 척하려 했는데, 가슴속에서 뭔가가 울컥울컥 솟구쳐 올라 더는 감당이 안 됐다. 소리를 질렀다.

"정말 너무한 거 아냐! 나 혼자 일어나서 학교는 어떻게 가? 알람 소리도 못 듣고 자다가 학교에 못 가도 좋아? 난 아직 고딩이라고. 잘 아시겠지만 고딩이면 미성년자야!"

"몇 번 못 일어나서 학교도 늦게 되겠지. 하지만 그러다 차츰 좋아질 거야."

"하긴! 늦어서 선생님한테 혼나는 건 어차피 엄마가 아니니까! 다 내 몫이고 내가 책임져야 한다는 말이지! 나아 참, 도대체 엄마한테 아들이라는 존재가 있기는 한 거야? 내 걱정은 눈곱만치도 안 하지! 엄마가 됐으면 책임지고 돌봐야 하는 거 아냐? 그럴 거면 왜 날 낳았어? 왜 낳았냐고!"

식탁 위에 있는 과일이고 뭐고 죄다 엎어버리고 싶었다. 말을 하면 할수록 감정은 주체하기 어려웠다. 엄마는 고개를 숙였다.

"미안해! 하하야, 정말 미안해! 난 네가 있어서 든든하고 좋고 즐겁기는 하지만, 엄마라는 사람에게는 네가 채워줄 수 없는 즐거움도 있는 거야. 그건 또 다른 감정이고, 또 다른 생활이야. 난 내 감정도 생활도 소중해. 엄마가 잘 살아야 너도 잘 산다고 생각하고. 또 내가 행복해야 너도 행복할 수 있는 거고!"

"행복? 그게 뭔데! 나랑 있으면 행복이 사라지는 거야? 내가 못 채워주는 걸 그 사람은 다 채워줄 수 있대? 대체 그런 게 다 뭐야? 뭐냐고!"

식탁 위의 유리를 쳤다. 유리는 쩌억 갈라져 여기저기 파편을 만들었다. 순간 내 주먹에서 붉은 피가 흘렀다.

"어머나!"

엄마는 허둥댔다. 화장실에서 수건을 가져와 내 주먹을 감쌌다. 하얀 수건이 피로 물들었다. 피를 봐도 마음이 수그러들지 않았다. 마음속의 뭔가가 계속 출렁출렁 요동쳤다.

"병원에 가자."

"싫어!"

"하하야, 이러면 안 돼!"

"놔, 이거 놓으라고!"

엄마가 내 등짝을 후려쳤다.

"너 정말 이럴 거야? 이러면 내가 얼마나 힘든 줄 알아!"

"힘들든 말든 뭔 상관이야! 그럼 난 뭐 안 힘든 줄 알아?"

그 순간에도 피는 멈추지 않았다.

"나중에 더 이야기해. 일단 안 되겠다. 피가 안 멈춰! 얼른 병원 가자!"

엄마는 수건으로 내 손을 꾹 눌렀다. 그러고는 현관문을 열었다. 신발을 구겨 신고, 못 이기는 척 따라나섰다. 엄마는 택시를 잡으려고 동동거렸다. 엄마는 택시 안에서도 수건으로 동여맨 내 손을 꼭 쥐고 있었다. 그렇지만 우린 병원으로 가는 내내 한마디도 하지 않았다.

오른 손바닥과 손등이 만나는 지점을 약 2센티미터 정도 꿰매고, 새끼손가락은 붕대를 감았다. 바늘이 내 살점을 오가는 것을 멍하니 지켜봤다. 아프지 않았다. 어떤 느낌도 없었다. 그런데도 볼을 타고 눈물이 흘렀다.

엄마는 병원을 나오면서 숨을 한 번 몰아냈다. 그러고는 내 이마에 꿀밤을 한 대 먹이면서 울먹였다.

"야, 무슨 성질을 그런 식으로 내는 거야. 아무리 힘들고 답답해도 그렇지. 그것도 폭력인 건 알고 있지? 너 한 번만 더 주먹 써봐. 그땐 정말 가만 안 둬!"

엄마는 내 어깨를 토닥이며 목소리를 낮췄다.

"제발 마음 좀 잘 다스려. 이제 널 돌볼 사람은 너뿐이야."

난 엄마의 손길을 내쳤다. 난 그 누구에게도 첫 번째의 사랑이되지 못했다. 여진 씨에도 엄마에게도. 세상의 어느 누구도 나를제일 사랑하지는 않는다. 나머지로 혹은 덤으로 떼어주는 그런 사랑, 난 그 사랑을 먹고 마신다. 나를 좀 봐달라고 이야기를 하면 이

것부터 하고 너 해줄게, 내 것부터 챙기고 봐줄게 하는 그런 사랑, 난 그 사랑을 구걸하고 애원하고 있다.

"날 돌볼 사람은 나뿐이니까, 이거 봐!"

엄마는 더 이상 반응하지 않았다. 집으로 가는 택시 안에서 난 왼쪽 창문만 보고, 엄마는 오른쪽 창문만 봤다.

'마음을 잘 다스려라.'

엄마의 말은 무슨 말이든 거부하고 싶지만, 이 말만은 어쩐지 내 마음에 콕 들어와 박혀버렸다. 다스린다. 마음을 다스린다. 정말 내 마음을 다스리고 싶다. 하루에도 몇 번이고 울컥하고 변덕을 부리고, 이랬다 저랬다 하는 마음을 다스릴 수만 있다면, 아니 다스릴 수 없다면 얼어붙기라도 했으면 좋겠다. 마음이 냉동 창고라도 들어가 꽁꽁 얼어붙어서 흔들림 없이, 움직임도 없이 그대로 있었으면 좋겠다.

17

토요일 아침, 별로 눈을 뜨고 싶지 않았다. 오른손이 계속 아리
면서 욱신거렸고, 어제의 기억들로 머리가 복잡했다. 그런데도 이
와중에 배에서는 꼬르륵 소리가 났다. 화장실로 가 세수를 하고
찬물에 머리를 담갔다. 샴푸를 왼 손바닥 가득 받아서는 그 손으
로 미친 듯이 거품을 만들었다. 린스도 풀어서 잔뜩 발랐다. 그러
고는 린스의 부드러움이 사라질 때까지 몇 번이고 헹구고 또 헹궜
다. 거실로 나오는데 어지러움이 느껴졌다.

역시 엄마는 학원에 가고 없었다. 어제와 달라진 거라고는 식탁
위 유리가 사라졌다는 것과, 그 자리에 편지 한 장이 놓여 있는 게
다였다. 촘촘하게 써 있는 글자 몇 줄을 읽다가 그만두었다.

미안하다는 말, 시간이 지나면 이해할 수 있을 거라는 말, 내가 있어서 행복하다는 말, 어차피 이런 말들은 엄마가 속 편하자고 적어놓은 것이니까.

왼손으로 냉장고 문을 열고 반찬통 몇 개를 꺼내고 밥을 펐다. 식탁까지 가는 것도 귀찮아 싱크대에 서서 대충 먹었다. 혼자 밥 먹는 일은 늘 있었던 일인데, 왼손으로 먹는 것이 익숙하지 않은 탓인지 뭔가가 자꾸 목에 걸리는 느낌이었다. 먹는 속도를 늦추면 안 먹게 될 것 같아, 물에 밥을 말아 후루룩 들이켰다. 그러고는 오른손의 상처가 덧나지 않도록 약을 먹었다.

이제부터 난 계속 이렇게 살게 되겠지. 알람 소리에 일어나야 하고, 아침을 차려 혼자 떠먹고, 돌아와 어두운 집에 불을 켜고 그러다 잠이 들겠지.

내가 무슨 말을 하든 엄마는 나와는 상관없는 길을 걸을 것이다. 내가 아무리 반대를 한다고 해도, 그건 처음부터 소용없는 일이니까. 나에게 남겨진 일은 받아들이는 일뿐이다. 얼마나 빨리 받아들이느냐 하는 그 문제만 남아 있다.

소파에 누워 TV를 켰다. 여기저기 리모컨으로 채널만 돌렸다. 한참을 돌리는데 어딘가에서 그녀가 불렀던 노래 〈그것만이 내 세상〉이 흘러나왔다. 순간 채널이 딱 멈췄다. 언제 방송했는지도 모를 '놀러와 들국화 특집' 재방송이었다. 하얗게 센 머리에 검은 선

글라스를 쓰고 입을 쩌억 벌리면서 소리를 내지르는 늙은 가수를
보고 있자니, 뭔가가 가슴속에서 움직거렸다. 그는 팍팍한 삶을 거
쳐온 듯한, 세상의 우울과 고독과 싸워 이겨나간 듯한 모습이었다.
목소리는 몹시 거칠고 까칠했지만, 세월이 녹아 있는 듯 눅진한
느낌이 묻어났다. 그는 이내 또 다른 노래를 들려줬다.

제발 그만해줘
나는 너의 인형은 아니잖니
너도 알잖니
다시 생각해봐
눈을 들어 내 얼굴을 다시 봐
나는 외로워

난 니가 바라듯 완전하진 못해
한낱 외로운 사람일 뿐야
제발 숨 막혀
인형이 되긴
제발 목말라
마음 열어 사랑을 해줘

갑자기 눈물이 흘렀다. 나는 외로운 사람이라고, 한낱 외로운 사람일 뿐이라고 읊조리는 순간, 물컹물컹한 눈물이 내 볼을 타고 흘러내렸다. KO패를 당한 듯 소파에 누워 한참을 그러고만 있었다.

"하하야, 어서 일어나!"

설핏 잠이 들었나 보다. 부스스 눈을 떴다. 아직도 햇볕은 환하고 뜨거웠다.

"수업은?"

난 엄마의 눈을 맞추지 않고 말했다. 엄마도 다른 곳을 보는 듯했다.

"어서 옷 갈아입어. 갈 데가 있어. 할아버지가 돌아가셨어."

엄마의 목소리가 가늘게 떨렸다.

"할아버지라니? 어떤 할아버지?"

엄마의 눈은 벌게졌고, 뭔가가 자꾸 치밀어 오르는지 숨을 참았다가 한참 만에 대답했다.

"우리 아빠, 네 외할아버지."

깜짝 놀랐다. 외할아버지라니? 참으로 생소하고 낯선 단어다. 난 그가 어떻게 생겼는지, 몇 살인지, 어디 사는지, 아무것도 몰랐다. 그가 살아 있을 때는 보지도 만나지도 못했다. 아니, 이제껏 살아 있었다는 것도 그가 죽은 오늘에서야 깨달았다.

엄마는 서둘러 검은 옷으로 갈아입었다. 그러고는 나에게도 검은 옷을 입으라 했다. 그런 말을 하는 엄마의 입가는 주름이 잡힌 듯했고, 눈두덩은 이미 벌게져 있었다.

택시 안에서도 엄마는 눈물을 멈추지 않았다. 어떻게 연락을 받았는지, 어떻게 알게 되었는지 묻고 싶었지만, 꾹 참았다. 가방에서 휴지를 꺼내 전했다.

"그간 안 보고 잘 살았잖아!"

"그러니까!"

엄마는 갑자기 휴지로 입을 틀어막았다. 엄마의 눈물은 흐느낌으로 변해버렸다. 흐느낌을 실은 택시는 대학병원 장례식장을 향해 달렸다.

장례식장에 들어서자마자 엄마는 화장실부터 들러 벌게진 눈두덩이를 닦고 나왔다. 로비 안내판에 '故오수호님 202호'라 쓰여 있었고, 엄마는 심호흡을 몇 차례 하더니 그곳으로 들어갔다. 202호는 빈소를 마련하느라, 영정 사진을 준비하느라 분주했다. 엄마가 널찍한 방으로 들어서자, 웬 할머니 한 분이 벌떡 일어나더니 허겁지겁 우리 쪽으로 달려왔다. 난 엄마 뒤에서 서서, 할머니를 향해 인사했다. 하지만 할머니는 엄마만 봤다. 그러고는 엄마의 등을 치면서 울기 시작했다.

"아이고, 왜 이제야 와! 네 애비가 그렇게 연락을 했는데!"

엄마는 선 채로 가만히 있었다. 이를 악물고 눈물을 삼키는 듯도 했다.

"네 애비가 가는 날까지 네 걱정을 했다. 네가 어떤 딸이었는데……. 그렇게 똑똑한 게 왜 세상 인연 다 끊고 그러고 살아!"

할머니의 울음소리가 점점 커졌다. 할머니는 잠시 울음을 멈추고 나를 한 번 쓱 봤다. 그러고는 땅이 꺼져라 한숨을 내뱉었다. 나도 모르게 고개가 숙여졌다.

"네가 누구 때문에 이 고생인데……. 얘는 왜 데리고 와! 여기가 어디라고!"

엄마는 작은 소리로 냉정하게 말했다.

"엄마, 그만해! 자꾸 그런 말 하면 갈 거야."

"아이고, 이 지지배야. 그러게 입양 보내랄 때……."

"그만하라고!"

엄마는 더는 참지 못하고 소리를 질렀다.

"우리 하하한테 그러지 마. 제발!"

울음이 터져 나왔다. 꺼억 꺽, 엄마의 울음에서 동물 소리가 났다. 할머니의 탄식과 엄마의 울음이 뒤엉키자, 아저씨들 몇 분이 다가왔다. 아저씨들은 할머니와 엄마를 다독거렸다. 난 어디를 봐야 할지 누구를 봐야 할지 몰랐다. 고개만 돌린 채 멍하니 서 있었다. 엄마는 내 손목을 잡아끌었다.

"하하야, 그만 가자!"

엄마는 자리를 뜨려고 했지만 할머니는 엄마의 손을 잡고 놔주지를 않았다. 엄마는 쥐고 있던 내 손목을 슬그머니 놓았다. 나 혼자 신발을 신고 밖으로 나왔다. 복도에서 엄마를 기다렸다. 서울삼오초등학교 교사 일동, 서울시 교육감 김철식, 남부교육청 이두환, 서울사대 제4회 졸업생 일동 등등 화환을 다 읽었는데도 엄마는 나오지 않았다. 난 장례식장 로비로 올라와 엄마에게 문자를 넣었다. 집에 먼저 가겠다고.

답이 오지 않았지만 지하철을 탔다. 갑자기 잊고 있었던 오른손이 쿡쿡 신호를 보내왔다. 아프다고, 아파 죽겠다고. 난 오른손에게 사과를 했다. 미안하다고, 얼른 집에 가서 약을 주겠다고, 그러니 조금만 참으라고.

지하철에 앉아 눈을 감고, 욱신거리는 손을 안고 음악을 들었다. 음악 소리 밖으로 충정로역을 알리는 안내음이 들렸다. 충정로, 그녀가 사는 곳, 그녀가 일하는 곳. 갑자기 그날 일이 떠올랐다. 그녀가 했던 말들이 떠올랐다. 나도 사랑한다는 말, 내가 남친이라는 말이, 어떤 사람과 동시에 약속을 하면 나를 만나겠다던 그 말이 자꾸자꾸 떠올랐다. 그녀와 나눴던 이야기며 불렀던 노래, 살갗의 스침, 따뜻했던 손의 기억들이 반복 재생되어 내 머릿속을 왔다 갔다 했다. 헤어지던 날, 그 비 오던 날, 우산도 없이 그녀는 얼마나 오랫동안 그 자리에 서 있었던 걸까? 한참 핸드폰을 만지작댔다. 하지만 난 다시 가방 깊숙한 곳에 그것을 넣어버렸다.

일기예보에도 없던 강한 태풍이 순식간에 불어닥쳐 지붕과 벽채와 기둥을 송두리째 휩쓸고 지나가면 이런 기분이 들까? 난 폐허가 된 집터에 홀로 남겨져 오돌오돌 떨고 있다. 당장 먹을 것을 구하고, 당장 잠잘 곳을, 당장 마른 옷을 구해야 한다.

할머니를 만나고 나니, 세상에 대한 오기라고 해야 하나? 그런 게 불뚝거렸다. 보란 듯이 성공하고 싶다는 생각이 들고, 음악으로 성공해서 신문에도 TV 토크쇼에도 나오고, 전 세계 뮤지션들과 연주를 하면서 방방곡곡을 다니고 싶다는 생각이 간절해졌다.

돌아가신 할아버지를 만나고, 삼일장을 지내고 돌아온 날 엄마의 눈은 쑤욱 들어가 있었다. 엄마는 몇 년간 참았던 눈물을 한꺼번에 다 쥐어짜낸 듯했다. 그렇다고 달라진 것은 없었다. 그저 조금 더 나에게 친절해졌다는 것 정도?

엄마는 내 손을 잡고, 내 등을 토닥이며 말했다.

"하하야, 난 네가 있어서 너무 좋고, 또 고마워. 널 낳고 단 한 번도 후회한 적 없어. 사람들이 무슨 말을 하든, 넌 당당해야 해. 알았지?"

어찌 날 낳고 단 한 번도 후회하지 않았겠는가? 그 말이 뻥인 것은 다 알지만 엄마의 마음은 받아들이기로 했다. 그건 순전히 내 마음 때문이었다. 그 길만이 내가 편해지는 길이니까. 그렇게 생각해야 내 존재의 가치는 빛이 나니까! 날 최고로 사랑하는 사람은 없지만, 두 번째든 세 번째든 날 사랑하기는 하니까! 이제껏 내 머릿속에 없었던 할머니의 얼굴과 할아버지의 얼굴은 다시 지우면 그뿐이다. 혹시라도 할머니를 다시 만나게 된다면, 그때는 꼭 이렇게 말해야겠다.

"할머니, 저를 입양 보냈으면 우리 엄마 인간 안 되었을걸요? 엄마 친구들이 만날 그러던걸요. 엄마가 저 정도로 인격을 갖춘 사람이 된 건 모두 제 덕이래요. 저 꽤 괜찮은 놈이에요. 아시겠어요?"

나를 쓰다듬고 위로해줄 수 있는 가장 따뜻한 손, 그 손은 나의 왼손. 나는 나의 왼손으로 나의 오른손을 감쌌다.

18

낙타 쌤이 내 손을 보고 한마디 했다.

"피아노 치는 놈이 손을 다쳐? 연주하겠다는 놈이 그래도 되는 거야? 너, 음악 그만두려고 작정한 거지?"

"아닌데요!"

"아닌 놈이 그러고 다녀! 그거 어디서 다친 거야? 너 누구랑 싸웠지?"

"아닌데요!"

"아니긴 뭐가 아니야. 딱 보니까 싸웠구먼! 정신 차려. 싸울 시간 있으면 그 시간에 연습해, 연습! 알았어?"

몇 주 연속 낙타 쌤한테 혼이 났더니, 레슨 받고 싶은 마음이 싹 달아나버렸다.

전공 수업이 끝나고 터덜터덜 교실로 돌아가는데, 영아가 말을 걸어왔다. 서로 말을 안 한 지도 한 달이 넘었는데, 그간의 시간을 훌쩍 뛰어넘었는지 영아는 아무렇지도 않은 듯했다.

"너 아직도 산소마이크 해?"

말을 걸기도 쉽지 않았을 텐데 싶어, 내 더러운 기분은 한쪽으로 밀쳐두고 고개를 끄덕였다.

"우리 앙상블 팀에 들어올래? 학원 쌤 제자들이랑 하는 팀이야. 연주 실력들이 좋아서 네가 오면 재미있어할 거야. 도움도 많이 될 거고!"

"글쎄다! 두 팀을 하기는 좀 힘들 것 같은데……."

영아는 힐끔 날 쳐다봤다.

"그럼, 천천히 생각해봐! 아참, 우리 팀 앙상블 연습할 때 한번 와. 일요일에 하는 거니까, 시간 내라!"

일요일에 영아네 앙상블팀 구경을 갔다. 팀이라고 해봤자 영아를 포함해서 네 명뿐이었다. 그것도 베이스나 기타도 없이 오로지 피아노 치는 사람들로만. 그들은 피아노 두 대를 가지고 번갈아 주거니 받거니 말을 하듯 연주를 했다. 한 명이 코드를 치며 리듬을 넣으면 다른 사람은 멜로디에 애드리브를 넣었다. 무슨 할 말이 그렇게 많은지 중얼거리기도 하고, 또 큰 소리로 이야기도 하는 듯했다. 서로의 눈빛을 교환하면서 웃기도 하고 리듬을 타듯 눈을 감기도 했는데, 폼만은 전문가 수준이었다.

"저 선배 장난 아니지?"

영아가 가리킨 사람은 삼수생이랬다. 저렇게 잘하는 사람이 대학을 갈 수 없다니, 정말 기가 막혔다. 더구나 고3도, 재수도 아니고 삼수라는데! 대학 문이 내게서 뒷걸음을 치며 달아나고 있는 게 눈앞에 펼쳐졌다.

영아 차례가 되자, 영아는 늘 연습하던 곡, 〈All of me〉를 연주했다. 처음에는 그럴듯하게 들렸는데, 점점 스윙감이 떨어지다가 애드리브를 넣을 때는 음들이 조금씩 뭉개졌다. 그래도 긴장하거나 포기하지 않고 피아노를 치는 모습이 좋아보였다.

영아만큼 할 수나 있을까? 실력을 떠나 저렇게 진지하게 연주하고 땀을 흘리는 걸 보니 부럽기도 하고, 난 뭘 하고 사나 싶어 자책감도 일었다.

"어땠어? 너도 같이 한번 해볼래?"

영아가 물었지만 자신이 없었다. 그래도 재즈의 선율과 가볍게 툭툭 흔들거리는 듯한 리듬감이 아주 듣기 좋았다. 강렬하지 않게 촉촉하게 젖어드는 분위기 또한 마음을 확 끌어당겼다.

집으로 오는 길에 집 앞 피아노 학원에 들렀다. 나도 아까 그 삼수생처럼 연주하고 싶었다. 얼마나 연습을 하면 그렇게 되는 걸까? 나보다 몇 살 많지도 않은데 그렇게 훌륭하게 한다는 게 도무지 믿어지지 않았다. 그랜드 피아노가 있는 방에서 낙타 쌤이 내준 숙제를 뚫어지게 들여다봤다. 이제껏 난 영아보다 피아노를 잘 친다고 자부하고 있었는데, 분명히 그렇게 믿고 있었는데, 낙타 쌤의 귀가 썩었다고 생각했는데, 그건 정말 나만의 착각이었나 보다. 난 온몸으로 거부해왔던 영아의 방법을 시도해보기로 했다. 지루하기 짝이 없었지만 나에 대한 도전이라 생각하고 연습했다. 기본부터 가겠다는 마음으로 손가락이 자연스럽게 돌아가도록 하농부터 쳤다. 걸음마를 걷는 아이처럼 손가락은 천천히 피아노 건반 위를 걸어 다녔다. 새끼손가락이 아직 다 낫지 않아 욱신거렸지만, 조심스럽게 건반 위를 걸었다.

우리 기수끼리 밴드 연습을 하던 네 번째 날, 수영이의 비밀이 밝혀졌다. 수영이는 여자가 아니었다. 적어도 음역대만은 남자 음역대! 하여 고음 불가! 한번은 실수로 남자 노래를 여자 키로 바꾸지 않고 연주하게 됐는데, 놀랍게도 수영이가 너무 잘해내는 거였다.

"오! 이거 뭐임?"

수영이의 목소리는 꽤나 매력적이었다. 남자들보다는 조금 가늘고 여자 목소리라고 하기엔 많이 두꺼운, 그 사이 어디쯤? 음역대가 잘 맞아서인지 허스키하면서도 몽환적인 목소리가 아주 잘 살아났다. 수영이는 그날 이후 많이 착실해졌다.

"수영아, 첫 음이 나인 음이라, 음정 잡기 힘드니까, 잘 듣고 들어가야 해."

내 말에 수영이는 고개를 끄덕였다. 아직 실밥도 안 풀었고, 붕대도 2주일은 더 있어야 풀 수 있어서, 함께 연주하는 건 불가능했다. 난 옆에서 훈수만 두었다. 정 심심하면 하모니카를 불었다. 하모니카 배운 지가 얼마 안 되어서 순 엉터리였지만, 우리끼리 하는데 뭐 어떤가 싶어 계속 불었다. 이현이 놈이 신경 쓰인다고 계속 째려보고 난리를 부렸지만 뭐, 그래도 어쩌겠는가? 재미있는걸!

이번에 카피한 곡은 블루스 리듬이었다. 수영이 소원대로 가요를 선택했다. 은규가 우드블록으로 네 박자를 카운트했고, 그다음 바로 혜민이의 기타가 들어갔다. 원래는 신디가 그 부분을 맡았어야 하는데, 혜민이가 기타로 그 음들을 연주했다. 약간 '뽕빨' 날리는 곡이라선지 연주 내내 웃음이 났다. 더구나 수영이는 중간중간에 헛, 헛, 하면서 추임새도 넣었다. 물론 원곡에도 그렇게 되어 있었지만, 그게 왜 그렇게 웃긴지 노래 부르는 수영이 빼고는 모두 피식거렸다. 이 곡은 이현이의 기타와 청원이의 베이스가 젤 어려울 듯싶었다. 그런데도 제법들 잘해냈다. 이현이의 잘난 척이 그냥 나오는 것은 아닌 것 같았다. 솔로 부분에는 이펙터를 밟아가며 열심히 연주했다. 이현이가 기분이 좋았는지 한 가지 제안을 했다.

"합주 끝나고 모두 피방 가자!"

"야, 넌 피방밖에 모르지. 그럼 수영이하고 나는 뭐 하냐? 심심하게!"

혜민이 말에, 말 한마디 안 하던 은규도 보탰다.

"피방은 다음에 남자들끼리 가고, 오늘은 다 같이 오락실 한 번 가볼래?"

"오락실?"

여섯 명의 눈동자가 동시에 맞춰졌고, 동시에 고개가 끄덕여졌다. 아케이드 게임을 하면서 우린 단체전과 개인전으로 배틀을 했다. 계속 키득거렸고 계속 오버를 했다. 청원이가 2차를 가자고 했다. 우린 2차로 떡볶이를 먹고 아쉽게 헤어졌다. 난 그렇게 아이들과 어울려, 조금씩 그녀를 잊는 듯했다. 불쑥불쑥 보고 싶은 마음을 외면했다. 마음에 콘크리트를 바르고 철근을 세워 넣었다. 단단하고 튼튼하게!

기말고사가 3주나 남았는데, 이현이가 호들갑을 떨어댔다.

"하하야, 나 화성학 때문에 큰일이다. 이것 좀 봐봐!"

열정만 봐서는 전교 일등감인데, 현실은 녹록하지 않았다. 뇌 구조에 이상이 있는 건지, 눈동자에 가로줄들이 그려져 있는 건지, 이현이는 오선 악보를 보는 것 자체를 힘들어했다. 위아래 덧줄 몇 개만 있으면 시인지 도인지 헷갈려하고 머리를 쥐어뜯었다. 악보를 제대로 못 읽으니까, 음정 문제도 코드 문제도 번번이 틀렸다. 기타는 그렇게 잘 치면서 어떻게 이런 걸 모르는지 이해할 수 없었다.

악보 노트를 들이미는 이현이를 외면할 수 없어, 산마방에 남아 머리를 맞대고 있는데, 지표 선배가 들어왔다.

"뭐야? 둘이 사귀는 거야?"

"흐흐, 그럴 리가요! 화성학 문제 중에 모르는 게 있어서요. 그나저나 선배님은 웬일이세요?"

이현이 말에 지표 선배는 어깨를 잔뜩 추켜세우며 말했다.

"졸업 연주회 때문에 연습할 게 좀 있어서."

"벌써요?"

"벌써는! 여름방학 끝나면 바로 연주회인데, 지금부터 연습 안 하면 망신당해. 더구나 내가 맡은 곡이 좀 많아야 말이지. 근데 너네 화성학 공부는 왜 하고 있냐? 그런 거는 원래 저절로 알게 되는 건데. 귀로 듣다가 이상한 부분이 있으면 왜 그런가 분석해. 그게 바로 제대로 된 화성학이지. 책 가지고 하는 건 화성학이 아니라고 봐! 안 그래?"

"아, 네! 무, 물론 그, 그렇죠!"

이현이는 조폭의 부하처럼 고개를 주억거렸고, 지표 선배는 자신의 허세가 만족스러웠는지 연습실 거울을 한 번 쓱 보면서 방으로 들어갔다.

"그래, 열심히 해. 모르는 거 있으면 물어보고!"

지표 선배는 방에 들어가자마자 노래를 불렀다. 목소리 하나는 끝내주게 파워풀했다. 기교도 세련되고 삘도 충만해 듣기 좋았다. 얄미워서 하는 말인데, 가끔 불안한 느낌도 들긴 들었다. 음들이 살짝 샵이 되면서!

이현이가 '파솔라시도' 하면서 덧줄을 세다 말고 고개를 들었다.

"이번 졸업 발표회 때 지표 선배가 세 곡이나 부른다더라! 피처링도 한 곡 하고!"

"원래 한 사람이 한 곡 부르는 거 아냐? 지표 선배는 왜 그렇게 많이 불러?"

"우리 학년은 보컬 전공 열둘, 작곡 전공 열둘 이렇게 뽑으니까 그런 거고. 3학년 선배 때는 그냥 막 뽑았나 봐. 보컬보다 작곡 전공이 훨씬 많아. 보컬 중에 잘하는 사람이 여러 곡을 부른다는데 쏠림이 엄청난가 보더라. 지표 선배나 은미 선배는 거의 네 곡을 부르는 거나 마찬가지인데 어떤 여자 선배는 한 곡도 못 받았대. 그래서 쌤들이 한 곡도 못 받은 그 여자 선배한테 곡을 주라고 했더니 선배들이 서로 싫다고 울고불고 난리 피웠다잖아. 야, 전교생들이 다 아는 걸 너는 왜 모르냐? 아까도 보니까 쌤이 선배들 불러 이야기하고 있던데!"

"선택 안 된 그 여자 선배가 누, 누구야?"

난 침을 꼴깍 넘기면서 이현이만 바라봤다.

"왜? 여진 선배일까 봐? 그게 아직도 궁금해?"

하마터면 고개를 끄덕일 뻔했다. 아무 말 안 했더니 이현이가 스스로 불었다.

"여진 선배는 정건 선배 곡 하잖아."

"뭐? 정건 선배?"

이현이가 툭 치면서 비아냥거렸다.

"몰랐냐? 아무리 헤어졌대도 알 건 알아야지! 정건 선배랑 여진 선배랑 둘이 사귀는 것 같던데, 공커 같더라!"

"뭐? 공커?"

떵! 망치로 한 대 얻어맞은 기분이었다. 내가 공커 하자고 했을 때는 이런저런 이유를 대면서 싫다고 했던 그녀였다. 화가 솟구쳤다. 이미 마음이 정리됐다고 믿었는데 아직도 뭔가가 남아 있었던가? 나도 모르게 벌떡 자리에서 일어났다. 우당탕 의자가 넘어지고 그 바람에 세워둔 기타도 함께 넘어졌다. 다행히 금이 가거나 깨지지는 않았는데, 이현이가 엄청 욕을 해댔다.

"에이 씨, 이게 뭐야! 이 흠집 봐! 야! 물어내!"

미안하다고 말하기도 싫고, 안 하기도 뭣하고 해서 가방만 챙겨 들고 나와버렸다. 이현이의 욕이 잘렸으면 해서 문도 쾅 닫아버렸다. 씩씩거리며 교문을 나서는데, 누가 날 불렀다. 뒤돌아봤더니 영아였다.

"뭐야! 한참을 불렀는데, 왜 그렇게 못 들어? 노래 듣고 있어?"

영아는 내 귀에 뭐가 꽂혔는지 한참 들여다봤다. 내 앞에서 얼쩡거리는데 슬쩍 웃음이 나왔다.

"근데, 왜 불렀어?"

"그냥! 그나저나 왜 지금 가? 끝난 지가 언제인데."

"산마 들렀다가 가느라고. 원래는 더 늦게 가는데 오늘 좀 일찍 나왔어."

최대한 내 기분을 숨겼다.

"그러서? 그럼 왜 이렇게 일찍 가? 집에 무슨 일 있어?"

"아니!"

"그럼 나랑 뭐 좀 먹고 갈래? 내가 쏠게!"

"됐어!"

영아는 쌜쭉한 표정을 지었다. 그러고는 내 가방을 잡아끌었다.

"뭐가 그렇게 계속 아니고 됐어야! 에이, 그냥 같이 가자. 나 오늘 칭찬받았잖아! 2학년 선배들이 나더러 잘한다고 했단 말이야. ㅎㅎㅎ."

"너 잘하잖아. 부럽다!"

"진짜?"

영아는 신이 난 듯했다. 진심으로 영아가 부러웠다. 잘하는 것이 부럽다기보다는 아무런 고민 없이 음악만 보고 걷는 듯한 모습이 부러웠다. 또 내 기분과는 정반대의 감정을 가진 것도 부럽고. 영아랑 밥을 먹을 기분은 아니었지만, 따라가기로 했다. 열 받아서 나왔지만 딱히 갈 곳도 없었다. 집에 멍하니 혼자 있는 것도 이젠 좀 지겹기도 하고! 분식집에 들어가 앉았다. 라볶이와 김밥 두 줄을 시켰다.

"아침에 나오는데 아빠가 기말고사 다 됐는데, 잠만 퍼 잔다고 엄청 쪼더라! 음악만 하면 되지, 공부도 잘해야 하냐고 했다가 구둣주걱으로 맞았잖아. 진짜 너무하지 않냐?"

나도 모르게 헛웃음이 나왔다.

"날 보면 쓰레기인 줄 아시겠네."

내 말에 영아가 깔깔 웃었다.

"당연하지! 우리 아빠만이 아니라 우리 엄마도 그럴걸? 우리 엄마도 장난 아니야. 지난번 중간고사 때에 바게트 빵으로 나 팼잖아. 공부하는 줄 알고 백화점에서 빵 사가지고 왔는데, 퍼져 잔다고 속 터져서! 크크, 그 바람에 정말 빵 속이 다 터졌어. 바게트 빵 속 터지면, 진짜 가루가 장난 아냐. 더구나 그게 또 은근 아파요. 진짜 대박이었어."

피식 웃음이 나왔다. 생각보다 김밥도 라볶이도 맛이 괜찮았다.

영아는 언니가 공부를 잘해서 엄청 비교된다는 거며, 아빠가 트위터로 자신을 팔로잉해서 블록시켰다는 거며, 이제는 달려야만 한다는 둥 하면서 아빠가 자꾸 게임에 초대한다는 이야기며 온갖 시시콜콜한 이야기를 다 했다. 또 어디 지하상가는 옷이 싸다는 거며, 어떤 화장품을 쓰면 블랙헤드가 없어진다는 이야기도 했다. 심지어는 같은 반 여자 친구들 이야기도 했는데, 그 아이가 누구를 좋아하는 것 같은데, 나더러 다리를 놔줄 수 없냐는 말까지 덧붙였다.

"오지랖은 됐거든요!"

내 말에 영아가 웃으며 말했다.

"역시 넌 시크해!"

"칭찬이야?"

"우쭈쭈, 그게 칭찬으로 들리세요?"

"욕으로는 안 들려!"

"흐흐, 긍정 에너지 완전 많으시네요! 알았어. 칭찬이야, 칭찬! 너 완전 멋져!"

내가 어깨를 슬쩍 들어 올리며 거들먹거리는 시늉을 하자 영아가 뒤집어졌다. 이런 반응 꽤 괜찮다. 여자들은 원래 이런 건가? 작은 일에도 웃고 깔깔대고!

분식집에서 나와 버스 정류장까지 함께 걸었다. 기분이 한결 나아졌다.

"우리 앙상블 팀에 들어올 생각 아직도 없어?"

"어."

"너 혹시 산마에 좋아하는 사람 있어?"

갑작스러운 질문에 흠칫 놀랐지만, 애써 태연하게 답했다.

"그건 왜?"

"네가 좋아하는 음악 스타일이랑 잘 안 맞는 거 같은데, 열심히 다녀서. 산마 애들 말로는 사귀는 사람도 없다고 하던데."

아무 말도 안 하고 있었더니, 영아가 요상하게 말했다.

"난 없는 걸로 믿을게."

그러고는 버스를 타고 쌩하니 가버렸다. 왜 그렇게 믿어버리려는 건지! 여자들이란 참으로 알다가도 모르겠다.

19

영아를 보내놓고 버스 정거장에 앉았다. 여전히 해는 식지 않았다. 내가 타야 할 버스는 8분 후에야 도착한다. 멍하니 오가는 사람들만 바라봤다. 그러다 고개를 돌렸는데, 놀랍게도 그녀와 정건 선배가 이쪽으로 걸어오는 게 보였다. 심장이 놀랄 만큼 뛰었다. 그녀와 헤어진 이후로 처음 보는 거였다. 비참했다. 이현이가 미리 알려주지 않았으면 더 놀라고 더 열 받았을 텐데, 이현이에게 고마워해야 하나? 난 고개를 돌려 모른 척했다. 그런데 정건 선배가 날 불렀다.

"어! 오하하, 오랜만이다. 집에 가냐?"

"아, 네."

어색하게 신발 끝만 보며 대답했다. 그런데 그때, 갑자기 그녀가 내 오른손을 잡는 거였다.

"어머나, 너 손이 왜 이래?"

심장이 멈칫했다. 놀란 건 정건 선배도 마찬가지인 듯했다. 그는 서둘러 여진 선배의 팔을 잡아끌었다.

"다, 다쳤겠지. 야, 여진아, 얼른 가자. 배고프다!"

그녀는 정건 선배의 손을 슬그머니 밀쳤다.

"정건아, 잠깐만 기다려봐. 하하한테 할 말이 있어서 그래!"

정건 선배는 잠시 비켜섰다.

"무슨 일 있었구나? 힘든 일 있었구나? 그치?"

그제야 난 고개를 들었다. 그녀의 눈빛은 여전히 따뜻했다. 굳어 있던 심장이 미친 듯이 뛰었다. 그 짧은 순간 뭔가가 녹아내리는 느낌이었다. 나는 아무 말도 않고 그녀만 봤다. 그녀도 나만 봤다. 그사이에 버스가 오는 듯했다. 난 서둘러 그 자리를 떴다. 버스 안에서 그녀를 봤다. 그녀는 멈춰서 날 보고 있었다.

다시 그녀 생각뿐이었다. 짧은 마주침이었다. 그녀와의 마주침은 콘크리트처럼 단단했던 내 마음을 물렁하게 녹여버렸다. 아주 짧은 손길이었다. 그녀의 손길이 내 손에 닿자마자 그녀와 나 사이에는 돌다리가 놓인 듯했다. 그녀와 함께했던 시간들이 쉴 새 없이 머릿속을 오고갔다. 원망을 넘어서고, 자존심을 넘어서고 한 걸음 한 걸음 돌다리를 건너 그녀 쪽으로 걸어가고 있었다. 나도 모르게 카톡이 먼저 갔다.

보고 싶어.

헉! 미쳤다. 그건 내가 보낸 게 아니었다. 손가락이 나 몰래 글자를 쓰고는 전송을 눌러버렸다. 이미 물은 엎질러졌다. 난 카톡창만 들여다봤다. 1이라는 숫자가 사라졌지만 그녀는 답을 보내오지 않았다. 속이 타들어 갔다. 아, 이렇게 끝나는 거구나. 곰곰 생각해보면, 난 이미 소문으로 그녀가 문어 다리인 것을 알고 있었다. 그런데도 난 먼저 사랑을 했고, 어쩌면 난 그녀가 문어 다리라는 사실을 믿지 않으려고 발버둥 친 것에 불과했다. 그러고도 그녀에게 화를 냈고, 쉬운 여자라는 말로 상처를 줬다. 이제 공은 그녀에게로 넘어갔다. 지금부터는 내가 선택을 해야 하는 것이 아니라 그녀가 선택해야 한다. 어차피 이 사랑의 시작은 나였다. 나의 고백을 그녀는 받아들였던 거였고, 난 처음부터 진 게임을 한 거였다.
놀라운 카톡이 날아왔다.

나도! 너를 못 만난다고 생각하니까 안타깝기도 했고. ㅠㅠ 그간 우울했어. ㅠㅠ

감격의 눈물이 양 볼을 타고 흘러내리는 듯했다. 당장 만나기로 했다. 그녀를 만나기 위해 옷을 갈아입는데 심장이 요란하게 뛰었다. 얼른 달려가 그녀를 봐야지. 나의 그녀를.

만나자마자 그녀는 내 손을 잡았다. 그러고는 내 볼을 양손으로 쓰다듬어주었다.

"그간 잘 지냈어? 근데 왜 다친 거야?"

그녀의 손길이 닿자마자 마술에 걸린 듯 난 그녀에게 모든 걸 내려놓았다. 순식간에 예전의 나로 획 돌아가 버렸다.

"어? 열 받아서 유리 좀 깼어!"

"헐, 무서워!"

"이래 봬도 나 쫌 무서워."

"치~ 근데 왜 열 받은 거야?"

"엄마랑 싸웠어. 이미 오래된 일이야!"

"무슨 일로?"

"엄마가 집 나간다고 해서!"

"진짜? 크크크. 에이, 뻥!"

"뻥 아냐! 진짜라고!"

그녀가 웃는 바람에 대충 이야기가 정리됐다. 하긴 엄마가 집 나간다는 걸 누가 믿겠는가? 아무튼 난 사실대로 털어놨고, 난 그간 있었던 일들을 조금 이야기해줬다. 하지만 할아버지에 관한 이야기만은 한마디도 털어놓을 수 없었다. 그녀는 더 묻지 않고 웃기만 했다. 생각했던 것보다 훨씬 쉬운 일이었다. 그녀에게 그날 일은 미안하다고 사과도 했다.

"우산도 없는데, 그렇게 놔두고 와서 정말 미안해. 또 너무 심하게 말해서 미안하고!"

"나도 미안해. 네가 이야기한 것처럼 앞으로는 나 쉬운 여자인데, 그래도 사귀겠냐고 꼭 물어볼게."

"뭐? 그렇게 말하면 절대 안 돼!"

난 다급하게 말했다.

"곰곰이 생각해보니까 나 쉬운 여자라고 이야기하면 덤비는 놈들이 몇 배는 더 많아져. 그게 남자거든. 그러니까 절대 그런 말 먼저 하면 안 돼! 알았지?"

그녀는 깔깔 웃었다.

"알았어! 그쯤이야 아주 쉽지!"

뭔가 이상하긴 했지만 더 할 말은 없는 듯했다. 난 그저 그녀와 다시 만나 이야기한다는 것만으로도 꿈만 같았다. 순간 난 하늘을 나는 듯했다. 그녀가 내 곁에 있는 것만으로 내 몸에는 날개가 생겨나고 있었다.

"여기 좀 만져봐. 내 어깨에 날개 있는 거 안 보여?"

그녀에게 내 날개를 보여줬다. 그녀는 깔깔 웃었다.

"뭐야! 날개가 짝짝이잖아!"

우린 그렇게 상상의 세계로 들어갔다.

20

 핸드폰으로 '프렌치 키스 하는 법'을 검색하고는 누가 보나 싶어 두리번거렸다. 다시 집중해서 보는데, 아무리 봐도 입술을 열라는 부분이 이해가 되지 않았다. 입술과 입술이 부딪치면 압력 때문에 저절로 열리나? 아니면 입술을 열도록 내가 리드를 해야 하는 건가?

 검색창에다 내공 드릴 테니 알려달라고 쓰기도 뭣하고 해서 한참을 망설였다. 어떤 곳에는 혀를 밀고 당기고 세우기까지 하라는데, 세운다는 게 어떤 건지 당최 알 수 없었다. 자꾸 읽어보고 몇 가지 검색을 더 해보고 추측을 해보니까, 대충 타당해 보이는 지식들이 눈에 들어왔다. 그것들을 추슬러 순서에 맞도록 완벽하게 외워뒀다. 키스 생각을 하니 교실에 앉아도 키스를 해봤을 것 같은 놈과 안 해봤을 것 같은 놈으로 구분하게 되고, 나도 모르게 아이들의 입술만 보게 되었다.

그녀는 알바를 그만뒀다. 알바를 했던 모든 시간을 고스란히 내게 써준다면 얼마나 좋을까마는 그럴 일은 없을 것 같았다. 그녀는 졸업 연주회 때문에 시간 내기가 어렵다고 했다. 이번 주부터는 주말에도 팀이랑 맞춰야 한다면서 나더러 단념하라고도 했다. 그 시간에 다른 남자를 만나려고 밑밥 까는 거는 아닐까 하는 의심이 스멀스멀 올라왔지만, 쿨해지기로 마음먹었다.

'정건 선배랑은 왜 공커가 됐어?'

'지난번 남친이란 놈하고는 여적 사귀는 거야?'

머릿속에는 숱한 물음표들이 줄지어 서 있었지만, 차차 묻기로 했다. 지금의 이 즐거움을 깨고 싶지 않았다. 다정한 순간을 지속하며 유지하고 싶을 뿐이었다.

나에게는 야심 찬 목표가 생겼다. 그녀를 즐겁게 해서 저절로 나만 만나게 하는 것! 나 하나로 만족하게 만드는 것. 그것이 정 힘들다면 그녀의 제일 소중한, 굵고 긴 문어 다리라도 되는 것!

눈에는 이글이글, 마음에는 불끈불끈한 전투력이 콸콸 솟아올랐다. 그녀에게 뭔가를 선물하고, 맛있는 것을 사주고 싶었다. 하지만 돈이 없었다. 어쩔 수 없다. 사랑은 용기 있는 자의 것이 아니던가? 떨리는 마음을 가라앉히고, 과감하게 엄마의 지갑을 털었다. 오만 원짜리 두 장! 지갑이 두둑하니 마음까지 편안해졌다. 서둘러 학교로 향했다. 토요일이라 그런지 학교는 한산했다. 밴드방에 가자마자 문자를 넣었다.

나 산마에서 연습하고 있쓰. ㅋㅋㅋ 기다릴게. ^^

피아노 연습을 하기 전에 밀린 업무부터 봤다. 카톡을 확인하고 야구 경기 검색하고, 게임 한판 하고, 웹툰 두 편을 보고는 피아노 뚜껑을 열었다. 그 순간 그녀에게 문자가 왔다.

밴드방에 누구 있어?ㅋ
아니 나 혼자. ㅋㅋㅋ

잠시 후 문 여는 소리가 났다. 심장이 떨려왔다. 그녀와 사귀고는 처음으로 동아리방에 둘이 있는 거였다. 그녀는 내가 있는 방문을 열었다. 아! 그녀의 뺨은 너무도 발그레했다. 그녀의 입술은 더욱더 붉었고!

"왜 자꾸 뚫어지게 쳐다봐? 더운데 방에 있지 말고, 이리로 나와!"
그녀는 내가 있는 방의 문을 열고는 말했다.

"전혀 안 더워. 잠깐 들어와 봐! 어서!"

가슴팍까지 땀이 흐르고 있었지만, 난 그녀를 잡아당겨 방으로 들어오게 했다. 그녀가 피아노 의자에 앉자, 난 그 옆에 엉덩이 반쪽을 걸쳤다. 그러고는 그녀의 목덜미에 부채질을 했다. 한 올 한 올 움직이는 그녀의 머리칼이 내 살갗에 닿자, 솜털들이 일어섰다. 순간 심장이 빨라지고, 불뚝불뚝 심혈관들이 다 소리를 높였다. 슬그머니 그녀의 어깨에 손을 얹었다. 그런데 그 순간, 그녀는 자리를 박차고 일어났다.

"하하야, 우리 춘천 갈래?"

"으? 으응? 왜? 여, 여기가 딱 좋은데!"

그녀는 내 눈을 보면서도 내 대답은 기다리지 않았다.

"가서 짐 챙겨 올게. 나 닭갈비 먹고 싶어서! 아, 닭갈비!"

으, 으악! 진짜 분위기 딱 좋았는데! 아쉬움이 하늘을 찔렀다. 천천히 고개만 떨구었다.

여진 씨는 청량리역에서 춘천으로 가는 청춘 열차를 이용하자고 했다. 난 지갑을 툭툭 건드려봤다. 오호라, 이런 걸 선견지명이라고 했던가! 엄마 지갑에서 슬쩍한 건 정녕 신의 뜻이란 말인가!

청량리역에 들어선 순간 우리는 춘천을 가기 위해 태어난 사람으로 변해 있었다. 표를 끊고 편의점에 들러 약속한 듯 과자와 음

료수를 고르고, 3시 13분 열차를 놓치지 않기 위해 죽기 살기로 뛰었다. 뜨거운 7월의 열기를 어쩌지 못하고 땀을 줄줄 흘리면서도 잡은 손을 놓지 않았다.

힘겹게 올라탄 기차는 우리에게 고생 후 보람이 어떤 것인지를 알려주는 듯했다. 에어컨 바람이 더위에 눌어붙은 팔뚝의 솜털들을 살살 흔들어주었고, 나란히 앉은 자리는 둘만의 공간을 만들어주었다. 둘이 함께 나눠 마시는 물은 충분히 달고 시원했다.

그녀는 이어폰 한 쪽을 내 귀에 꽂아줬다. 불독맨션의 〈춘천 가는 기차〉가 귓속으로 들어가고 있었다.

조금은 지쳐 있었나 봐

쫓기는 듯한 내 생활

아무 계획도 없이

무작정 몸을 부대어보면

힘들게 올라탄 기차는

어딘고 하니 춘천행

지그시 눈을 감고 다가올 춘천을 상상했다. 간혹 눈을 떠보면 그녀는 창밖을 내다보고 있었다. 나도 따라 창밖을 봤다. 빠르게 지나치는 7월의 푸름이 한껏 부풀린 풍선처럼 여기저기 떠 있었다.

춘천 역사는 생각보다 넓고 깨끗했다. 특별한 낭만이 깃들기에는 너무 현대적이라는 생각이 들었지만, 그래도 서울과는 냄새부터 달랐다. 낯선 도시는 낯선 설렘을 선물로 내오는 건가? 나는 낯선 설렘에 붕 떠 있었다.

역사를 벗어나자마자 더운 열기가 훅 올라왔다. 역 앞에는 아무것도 없었다. 우리는 오로지 명동의 닭갈비 골목을 향해 걸었다. 〈무한도전〉에 나왔던 맛집을 검색하고 지도 앱을 켰다. 길을 걸으면서 닭 이야기만 했다. 프라이드는 어느 부위부터 먹는 게 맛있는지에 관해 토론하고 양념은 어느 집이 맛있는지에 관해 열변을 토했다. 서로 사는 동네가 달라 함께 닭을 시켜 먹을 확률은 아예 없지만 우리는 서로의 정보에 귀를 기울이며 즐거워했다. 마치 최고의 비밀을 간직하고 싶어 하는 CIA 요원들처럼 우린 그렇게 속닥거렸다.

줄을 기다려 닭갈비를 먹고 있는데, 그녀의 핸드폰이 울렸다. 슬쩍 보니 정건 선배 같았다. 그녀는 핸드폰을 한참 들여다보더니, 전원 단추를 꾸욱 눌렀다.

"잘했어. 나랑 있을 때는 잠시 꺼두셔도 괜찮아."

내 말에 그녀는 어이없다는 듯 피식 웃었다. 그녀는 좀 더 먹으려고 하더니만 금세 숟가락을 내려놓았다.

"왜? 더 먹지그래?"

"아니, 많이 먹었어. 너나 많이 먹어!"

"아이쿠, 그 녀석 생각하니까, 밥맛 떨어지는구나!"

"뭐?"

그녀는 피식 웃을 뿐이었다. 밥까지 볶아 먹고 나와, 공지천까지 걸었다. 6시가 다 되어도 뜨거운 열기는 쉽게 누그러들지 않았다. 그래도 간혹 불어오는 천변의 바람이 등을 선선하게 해주었다. 2인용 자전거를 빌려 그녀를 뒤에 태웠다.

한참을 시원하게 달려가는데, 갑자기 그녀가 큰 소리로 물었다.

"하하야, 날 왜 좋아해? 나 왜 사랑해?"

헐, 내가 아무리 그녀를 사랑한다고 해도, 이렇게 물어보면 곤란하다. 뭐라고 답해야 답이 되지? 다 좋다고 할까? 예뻐서 좋다고 할까? 아님 문어 다리인 것만 빼면 다 좋다고 할까? 아, 아니 그것도 어느 정도 극복되고 있다고 말할까?

순간 그녀는 이상한 말을 했다.

"외로워서 날 사랑하는 거 아냐?"

가만 그건 아니다. 그렇다면 다른 사람을 사랑해도 되는데, 왜 군이 여진 씨를 사랑하겠는가?

"아, 아니! 아냐!"

그녀는 내 말은 듣지도 않았다. 그녀는 계속 묻기만 했다.

"노래를 못한다고 느끼는 순간 난 왜 내가 미워지지? 아무도 날 사랑해서는 안 될 것 같은 느낌이 드는 건 뭘까?"

난 그냥 속도를 내었다. 자전거의 바퀴는 나 혼자의 힘으로 굴러가고 있었다. 등 뒤에서 그녀가 훌쩍거리며 우는 소리가 내 귀에 들려왔다. 난 더욱 속도를 내었다.

어느새 어스름한 저녁이 내려오고 있었다. 자전거에서 내려 잠시 쉬는데, 그녀가 놀라운 말을 했다.

"나 좀 안아줘!"

그녀는 힘을 다 빼고 내게 안겼다. 웬 떡인가 싶어 흐뭇하게 그녀를 안았다. 그녀는 지그시 눈을 감았다. 나도 눈을 감았다. 그러고는 기억이 나지 않았다. 어떻게 입술이 열렸는지 누가 먼저 혀를 내밀었는지! 정신이 들었을 때 입술은 얼얼했고, 볼은 뜨거웠다. 뜨거운 열기가 좀처럼 가라앉지 않은 채, 내 마음속의 뭔가를 녹이고 있었다. 난 그녀의 머리칼을 쓰다듬으면서 말했다.

"맨 처음 봤을 때, 아, 아니 두 번째 봤을 때, 〈그것만이 내 세상〉 불렀던 거 기억해? 그 노래 듣고 나 완전 뻑 갔잖아. 너무 멋졌어! 왜 사랑하냐고? 그건 모르겠어. 하지만 내가 왜 사랑하게 됐는지는 알고 있어. 노래하는 거에 반했다고 해야 하나?"

그녀의 눈이 반짝 빛났다.

"진짜?"

"정말이야! 앞으로 그런 노래를 불러봐. 너무 얌전한 거 말고 내지르는 거! 그런 게 어울려, 훨씬!"

그녀는 연신 내 볼에 뽀뽀를 해댔다.

"하하야, 너무 고마워! 나 진짜 심각하게 고민했었어. 네 한마디에 노래할 마음이 생기는 건 뭐니? 나 왜 이러는 거니!"

서울로 돌아오는 기차에서도 그녀의 손을 잡고 머리카락을, 얼굴을 만졌다. 그녀는 내 어깨에 기대어 얕은 잠을 자는 듯했다. 떠난 지 반나절 만에 서울은 낯선 곳이 되어 있었다. 10시가 넘었는데도 지하철은 사람들로 가득했고, 그들은 모두 지쳐 보였다. 사람들이 내뿜은 술 냄새와 땀 냄새가 후끈한 지하의 열기와 어우러져 숨 쉬기조차 힘들었다. 하지만 그 속에서도 우린 도란도란 이야기를 나눴다.

"많이 피곤하지?"

"아니, 오늘 정말 좋았어. 덕분에 내일부터는 아주 잘 살 것 같은데!"

고개를 끄덕이며 자신에게 다짐하는 그녀의 손에 살짝 내 손을 끼워 넣었다. 그녀의 머리칼을 살짝 쓸어 넘겨주었다. 그녀는 날 보고 웃었다.

그녀를 데려다 주고 혼자 온 버스 안에서 한참을 입술만 만지작거렸다. 말랑말랑하고 부드럽고 뭔가 촉촉해지는 그런 느낌! 눈을 감고 첫 키스의 순간을 떠올렸다. 가슴이 계속 뛰어왔다. 미쳤다. 내가 이렇게 밝힘증 환자가 될 줄이야!

그나저나 한용운이라는 분은 왜 '날카로운 첫 키스의 추억'이라고 했을까? 나아 참, 그분은 뭐가 그리 잘못됐기에! 이봐요, 시인님! 원래요, 첫 키스의 추억은 너무너무 달콤한 거라고요! 달달하고요, 또 황홀하다고요!

21

"하하야, 혹시 너 엄마 지갑에서 돈 가져갔니? 십만 원이 비던데!"

"모르겠는데!"

"사실대로 말해! 엄마 화내기 전에!"

목소리를 깔고 말하는 통에 더는 버틸 수 없었다.

"어, 돈이 필요했어!"

"뭐 하는데?"

"여자 친구 생겼어. 데이트하려는데 돈이 없더라고!"

사실대로 말했다. 이게 제일 빠른 방법이라는 걸 잘 알고 있다. 끝까지 잡아떼다가는 오늘 안에 끝낼 수 없다는 건 누구보다 잘 알고 있다. 그건 함께 살면서 얻은 노하우니까!

엄마 눈이 동그래졌다.

"여자 친구, 누구?"

내가 말을 않자, 엄마는 눈을 가늘게 뜨고 말을 이었다.

"말을 했어야지! 네 돈도 아닌데, 그러면 안 되는 거 아냐?"

"말하면 줬을까? 알바 하라고 했을 것 같은데? 마음 같아서는 나도 알바 하고 싶은데, 받아주는 데도 없고, 당장 돈도 급해서. 그렇다고 용돈을 올려줄 리도 없고!"

"좋아, 그럼 그 돈 어떻게 갚을래?"

"어떻게 갚아야 되는데!"

"학원 와서 청소해. 일주일간!"

"그거 말고는 다른 방법은?"

"없어!"

다음 날 학교 끝나고 엄마 학원으로 갔다. 쓰레기통을 비우고, 분리수거를 도왔다. 컵을 씻고 청소기를 돌리고 나니까 특별히 할 일이 없었다. 집에 가려는데 엄마가 잠깐만 기다리라고 했다.

"하하야, 엄마는 조금 있다가 남친 만나러 갈 건데, 같이 가지 않을래?"

남친? 할아버지가 돌아가신 후 엄마는 며칠간 늦게 들어왔다. 술을 많이 마셨는지 아침에 날 깨워주지도 못했다. 힘들어서 그런가 싶어 별로 뭐라 하지 않았다. 그렇게 힘들고 나면 심경에 변화가 생길 거라 믿었다. 가끔 엄마 방에서 한숨 소리가 들리고, '그만 끊어요. 자꾸 그러면 핸드폰 번호 바꿀 거예요. 내가 왜 그래야 하죠?' 하는 소리가 들려왔다. 난 당연히 남친이랑 통화하는 거라고 믿었고, 이제 방탕한 생활을 접고 오로지 사랑하는 아들을 위해, 하하만을 생각하면서 뒷바라지하고 잘 살아야지 하고 다짐했으리라 믿었다. 근데 그게 아닌가 보다. 그렇다면 엄마가 통화한 사람은 누구지?

"아니, 같이 가기 싫어!"

언젠가 한 번은 만나게 될 것 같았지만, 지금은 아니다 싶었다.

"그 사람이 꼭 만나고 싶다던데. 실은 나도 보여주고 싶고!"

엄마에게 남친을 보여주고 싶은 마음이 있다면 나에게는 보고 싶지 않은 마음이 있다. 엄마는 그 사실을 잘 알고 있으면서 왜 이렇게 강요를 하는 걸까? 분명하고 쿨한 것으로 따지면 세계 1위는 힘들어도, 동네 1위는 될 거라 믿고 살았는데, 믿음은 빙하 녹듯 쩍쩍 갈라져 단숨에 녹아버렸다.

"아, 됐어! 나 그만 간다!"

그 순간 놀랍게도 엄마는 이제껏 한 번도 해본 적이 없는 딜을 해왔다.

"오늘 만나면 학원서 청소하는 거 안 하게 해줄게!"

난 뒤로 돌았다. 그러고는 슬그머니 앉아 엄마를 기다렸다.

그는 검은 뿔테를 쓰고 있었다. 마른 체격에, 우유에다 보랏빛을 섞은 듯한 색의 PK 티셔츠와 물 빠진 청바지를 입고 있었는데, 세련되어 보이지는 않았지만 그렇다고 후줄근한 느낌도 아니었다. 몇 살이나 먹었으려나? 도저히 가늠하긴 어려웠지만 엄마보다는 확실히 늙어 보였다. 슬쩍슬쩍 보고 있자니, 어디서 본 것도 같았다. 귓속말로 물었더니 엄마가 부끄러운 듯 웃었다.

"시인과 농부 사장님이셔!"

시인과 농부라고? 많이 들어봤는데, 맞다! 버스 정류장에서 마을로 들어오는 모퉁이에 있는 그 채소 가게! 진작 알았더라면 초기에 강력한 태클을 걸었을 텐데. 가까이에 두고도 이 지경이 되도록 내버려뒀다는 게 너무 한심스러웠다.

그는 상당히 점잖게 인사를 했고, 나지막하게 말을 걸어왔다. 존댓말을 썼는데, 그건 엄마에게도 마찬가지였다. 햇볕에 그을린 것으로 봐서는 농부인가 싶기도 하고, 말하는 걸로 봐서는 시인 같기도 했다. 물론 내 평생 시인을 한 번도 본 적은 없었지만.

시인이에요, 농부예요? 하고 물으려다 귀찮아서 관뒀다. 농부인데 시도 써요. 혹은 시인인데 농사일도 해요. 그래요? 그렇다면 본업은 뭔가요? 글쎄, 음…….

말이 길어질 게 뻔했다. 내 눈앞에 있는 저 사람이 시인이면 어쩔 거고, 농부면 어쩔 건가. 어차피 다 그저 그런 아저씨일 거고,

어차피 좋은 관계가 되긴 어려울 텐데.

그가 몇 마디 농담을 건넨 것 같기는 했는데, 이걸 농담으로 봐야 할지, 진담으로 봐야 할지는 엄마의 표정을 보고 가늠했다.

"술 한잔 하실래요?"

"저, 술 끊었습니다."

엄마는 그의 짧은 대답에도 꼴딱꼴딱 넘어갔다. 왜 웃는 건지 도대체 알 수 없었지만, 눈가와 입가에 자글자글 주름까지 만들면서 웃는 걸 보니 엄마가 바보인 건지, 이 상황을 이해 못 하는 내가 바보인 건지 판단이 안 섰다.

그는 무슨 과목을 좋아하냐, 음악은 잘하고 있냐, 어떤 음악을 자주 듣느냐, 아주 재미없는 질문들을 해댔다. 단답형의 대답을 이어가자 엄마가 중간에 끼어들어 내 대신 대답을 해주기도 했다. 그러자 그는 엄마를 제지했다.

"잠시만요. 하하가 이야기하게 두세요."

내가 대답할 때까지 기다리는 이 사람을 어찌해야 하나. 어색한 침묵이 흘렀지만, 그는 그다지 불편해하지 않고 가만히 있었다. 나도 대답도 않고 가만히 오래도록 있었다.

결국 엄마는 그와 나 사이에 공통된 실오라기라도 건져보려는 듯, 이 이야기 저 이야기 마구 던졌다. 그러다 야구에 관한 이야기로 슬쩍 흐르게 되었는데, 엄마의 노력은 어디로 가버렸는지 난

3년 넘게 함께 살았던 호진 씨를 떠올리고 말았다.

호진 씨는 야구를 좋아했다. 부산까지 가서 야구를 보기도 했는데, 그땐 정말 가관이었다. 적당히 큰 키에 근육질을 자랑하는 세련된 인상의 호진 씨는 막대 풍선 두 개를 양손에 들고는 〈부산 갈매기〉를 목이 터져라 불렀다. 〈돌아와요 부산항에〉를 부를 땐 모르는 사람들의 어깨에 팔을 척 걸치기도 했다. 내가 호진 씨를 따라 야구장에 가게 된 결정적인 이유는 행운권 추첨 때문이었다. 야구장을 처음 갔던 날, 경기 규칙을 몰라 몸을 베베 꼬면서 오다리만 질겅질겅 씹었다. 그러다 행운권 추첨 시간, 침을 꼴깍거리면서 전광판을 바라봤다. 내 번호가 전광판에 당당하게 써 있는 거였다. 순간 오다리의 짠물이 달게만 느껴졌다. 상품은 나와는 전혀 관계없는 여성용 비비크림이었지만, 어쩐지 내 인생에는 봄날만 환하게 내리쬐일 것이라는 확신이 들었다. 하지만 '첫 끗발이 개 끗발'이라고 했던가? 그날 이후 난 어떤 상품도 당첨된 적은 없었다.

엄마는 주말에도 학원 수업을 나갔다. 그럼 난 호진 씨와 단둘이서 야구장에 갔다. 그것도 아니면 캐치볼을 했다. 그러다가 가끔은 내 친구들을 불러서 타자를 시키기도 했다. 친구가 세 명이 넘으면 호진 씨는 심판을 맡았다.

호진 씨와 같이 살게 되면서 가장 문제가 된 건 밥이었다. 예전에는 도우미 아줌마가 저녁 시간에 와서 밥을 챙겨주고 갔었는데, 엄마는 직접 밥을 하겠다고 나섰다. 셋이 있는데 누군가 오는 게 싫다고 했다. 엄마는 아시다시피 계량컵의 여왕이어서, 뭔가를 하나 얻어먹으려면 시간이 어찌나 걸리는지 눈이 쑥 들어가고, 배가 다 홀쭉해졌다. 기다리다 먹는 맛이야 최고지만, 그 정도 시간이었으면 수랏상 정도는 나와줘야 하는 거 아닌가?

엄마가 학원에서 늦게 오는 날은 호진 씨가 요리를 하기도 했다. 메뉴는 김치볶음밥, 새우볶음밥, 라면 등이 다였지만, 엄마보다 훨씬 빨리 요리를 해서 난 호진 씨가 해줄 때가 더 좋았다. 엄마는 우리가 대충 먹었다고 하면 몹시 미안해하면서 뭔가를 또 요리했다. 난 배부르다고 안 먹었는데 호진 씨는 식탁에 앉아 끝까지 맛있게 먹어줬다.

"어휴, 뭐가 이렇게 맛있는 거야! 이거 먹고 내일 또 죽도록 달려야겠네. 배 나온 피트니스 강사를 좋아하는 사람은 없을 테니까 말이야!"

그러다가 1년쯤 지나자, 둘은 이렇게 말했다.

"호진 씨, 방 좀 닦아!"

"그래! 내 방은 내가 닦을게. 효리 씨 방은 효리 씨가 닦아!"

2년쯤 지나자, 둘은 서서히 티격태격 싸우기 시작했다.

칫솔 좀 제때 사 와. TV 리모콘 어디 있어? 리모콘을 가방에 넣어둔 건 아냐? 지금 사람 무시하냐! 무시하는 게 아니라 물건을 아무 데나 두니까 만날 잃어버리지 않냐? 그럼 대신 좀 챙겨주면 어디 덧나냐? 효리 씨는 손이 없냐, 발이 없냐?

3년이 다 되어가자, 둘의 싸움은 눈에 띄게 줄어갔다. 엄마의 요리 속도는 엄청 빨라졌고, 나름 섹시했던 라인은 살 속에 파묻혀 갔다. 호진 씨도 조금 배가 나오기 시작했다. 또 호진 씨는 주말이면 야구장 대신 산에 가기 시작했는데, 셋이 함께 가기도 했다. 산에 갔다 내려오면서 호진 씨와 엄마는 막걸리를 마시고, 나는 옆에 앉아서 게임을 하면서 부침개를 먹었다. 호진 씨는 막걸리를 마시다 말고 등산 양말을 벗어 나뭇가지에 척 널어두었다. 예전 같으면 엄마가 지저분하다고 한마디 했을 텐데, 아무 말도 없었다. 그날 엄마가 계산하다 말고 지갑을 잃어버렸다고 호들갑을 떨었는데도 호진 씨는 아무 말 없이 지갑을 함께 찾았다. 그러다 얼마 지나지 않아 둘은 헤어졌다.

"호진 씨, 난 이제 당신을 봐도 아무렇지도 않다. 어쩌지? 예전에는 싸우고 나면 안타깝고 후회되고 미안하고 그랬는데, 이젠 그런 것도 없어. 그저 무덤덤해."

"그래, 그게 좋은 거야. 이제 나이 먹는다는 거지. 항상 정열적으로 살 수는 없잖아. 1년 내내 꽃이 피는 나무는 없어. 봄이 되어 화려한 꽃을 피우는 벚나무도 1년을 이름 없는 칙칙한 나무로 살다가 고작 일주일만 꽃을 피울 뿐이야. 꽃을 피웠던 기억들, 화려하고 아름다웠던 기억들을 떠올리면서 그렇게 사는 건 아주 자연스러운 거야."

"평생에 단 한 번만 꽃을 피우는 것, 그런 것도 자연스럽지 못한 일이지. 난 이쯤에서 다시 꽃을 피우고 싶어. 꽃 피우는 순간이 고통스럽다는 거 알고, 비바람을 견뎌야 한다는 것도 알고, 또 언젠가는 꽃잎이 떨어진다는 것도 알아. 하지만 꽃봉오리가 맺혀 터지려는 순간, 누군가에게 다가가고 싶어 미치는 그 짜릿한 순간, 그 행복한 순간을 난 다시 찾고 싶어. 심장이 발랑발랑 뛰는 그 느낌을 다시 찾고 싶어! 그러니까 이제 우리 그만 헤어지자!"

그 말에 놀란 건 나였다. 호진 씨는 별로 당황하는 것 같지는 않았다.

"물론 나도 예전처럼 효리 씨 없으면 죽을 것 같지는 않지. 그래도 난 효리 씨랑 헤어지고 싶지는 않아. 싫은 것도 아닌데, 왜 헤어져야 하지?"

"싫어지기 전에 헤어지는 게 더 나아! 나중에라도 당신을 떠올릴 때 웃을 수 있으려면 지금이 적당한 때야!"

호진 씨는 물을 한 모금 마시고는 천천히 말했다.

"나 당신과 헤어지고 나면 너무 힘들 것 같아."

"남은 사랑이 있어서 힘들 수도 있겠고, 정 때문에 힘들 수도 있겠지. 나도 호진 씨랑 헤어지고 나면 힘들 거야. 익숙한 것들에 대한 결별, 새로운 것에 대한 불편함 혹은 두려움도 있겠지. 집에 침대가 있다가 없어져도 얼마간은 힘들 수 있어."

호진 씨는 고개를 끄덕이고는 슬쩍 웃음을 지으면서 말했다.

"이런, 너무하는 거 아냐? 날 침대로 보는 거야. 지금?"

"그런 거 아닌 거 알잖아. 호진 씨, 기억나? 우리 처음 만났을 때. 그땐 정말 불이 붙은 것 같았는데. 하루하루가 즐겁고 좋고 행복했는데. 그런 기분 느끼면서 살고 싶어. 그때가 너무 그리워!"

호진 씨는 엄마의 어깨를 토닥이면서 말했다.

"어쩌냐? 흐흐, 그걸 이제 내가 해줄 수가 없는걸! 가끔 살다가 너무 힘들면 술이나 한잔 하자."

"호진 씨, 그러지 마! 우연히 만나게 되면 몰라도 가능하면 만나지 말자. 그게 새롭게 만나는 사람에게도, 또 호진 씨에게도 도움이 될 거야."

호진 씨와 엄마는 1박 2일의 짧은 여행을 하고는 깨끗하게 헤어졌다. 호진 씨는 짐을 싸서 함께 살던 집을 떠났다.

언젠가 엄마와 엄마 친구가 우리 집에서 호진 씨 이야기를 하는 것을 들었다.

"호진 씨, 결혼한다더라."

"정말? 잘됐네! 호진 씨 그간 많이 힘들었을 거야. 호진 씨 집에서 결혼하라고 엄청 눈치 주는 것 같았거든!"

난 그 순간 호진 씨보다 엄마가 미치도록 싫었다. 호진 씨의 책상이 사라지고, 책꽂이의 책들도 사라지고. 이불과 옷가지들이 사라지던 날, 난 서러웠다. 엄마하고는 그렇다고 쳐도 호진 씨는 왜 나를 떠난 걸까? 난 호진 씨에게 어떤 존재였을까?

나는 보통의 존재, 어디에나 흔하지.
당신의 기억 속에 남겨질 수 없었지.
가장 보통의 존재, 별로 쓸모는 없지.
나를 부르는 소리 들려오지 않았지.

그해 겨울을 잊지 못한다. 그 생각만 하면 지금도 눈물이 난다. 집에서 웅크리고 음악만 들었다.

〈가장 보통의 존재〉

음악은 나를 더 깊은 곳으로 데리고 갔다. 한참을 헤매고 허우적거리고 있을 때, 다시 나를 일으켜준 것 또한 음악이었다. 내 마음속에 피아노를 배우고 싶다는 욕망이 처음으로 일어났다.

"하하야, 입에 잘 맞아? 어때? 맛있지?"

맛있냐고? 글쎄, 잘 모르겠다. 다만 유기농 한정식과 시인과 농부는 어딘지 모르게 닮은 듯했다. 모시조개 아욱국이 시원하기는 했지만 두 번 다시 먹고 싶지는 않았고, 쫄깃한 갈비찜은 묘하게도 닝닝했다. 엄마가 즐거워하는 걸 보니 엄마가 밉기도 하고, 또 내 앞에 있는 저 남자가 밉기도 했다. 그러면서도 엄마가 이렇게 즐거워하는데, 마냥 미워하자니 목에 뭔가가 걸린 듯 불편하기도 했다.

그와 헤어지고 엄마는 내 눈치를 보는 것도 같았다. 나의 평가가 그녀의 삶에 어떤 영향을 끼치기에! 내가 이쯤에서 헤어져! 하고 말한다고 그만둘 건가? 아무 말도 않고 그냥 걸었다. 엄마도 서너 걸음 뒤로 나를 따라 걸었다.

22

정건 선배가 그녀의 뺨을 때렸다. 그녀도 정건 선배의 뺨을 올려쳤다.

3교시 쉬는 시간, 밴드방에서 있었던 일이란다. 이현이가 어떻게 목격을 했는지 그 순간을 재현했다.

"너 딴 남자 생겼지?"

정건 선배의 대사는 어록으로 남아 이현이 입에 오르내렸다.

하지만 이현이는 그다음 대사는 모를 거다. 난 그녀가 무슨 말을 했을지 가히 짐작이 갔다.

그녀에게 문자를 날렸다. 사건의 전말이 궁금하기도 했지만, 무엇보다 그녀의 벌겋게 부어올랐을 뺨이, 맞는 순간의 모욕감이 안

타깝고 속상했다. 학교가 끝나기만을 기다렸다. 그녀에게 당산역으로 오라고 했다. 학교 부근에서 만나는 것은 그녀에게 안 좋을 것도 같았다.

"괜찮아?"

뺨을 어루만져봤다. 역시 그녀는 괜찮지 않아 보였다.

"진짜 열 받네. 그 새끼, 내가 가서 패줄까?"

내가 목소리를 높였더니 그녀는 어깨를 들썩였다.

"하하야, 네가 그렇게 흥분하지 않아도 돼! 그나저나 정건이한테는 대실망이네. 그 정도밖에 안 되는 인간이었다는 게 믿기지 않을 뿐이야."

난 가만히 있다가 다시 물었다.

"근데 왜 그런 거야? 왜 싸웠어?"

"실은 정건이한테 졸업 연주회를 같이하자고 한 사람은 나야."

이건 전혀 예상치 못한 말이었다.

"정건이한테 꽤 오랫동안 사귄 여친이 있었는데 얼마 전에 헤어졌어. 정건이가 힘들어해서 이야기도 들어주고 커피도 몇 번 마셨어. 이런 이야기를 하긴 참 자존심 상하는데……."

그녀는 잠시 뜸을 들였다.

"난 졸업 연주회를 잘할 자신이 없었어. 그래서 정건이한테 같이 해줄 수 있겠냐고 부탁했지. 그랬더니 다음 날 정건이가 소문을 내

더라고. 공커라고! 내가 그때 화를 냈어야 하는데, 왜 그렇게 가만히 있었나 모르겠어. 고작 졸업 연주회 잘해보려고 그랬다는 게 지금 생각해보면 너무 한심하고 부끄러워. 뭐 어쨌든 그래도 기왕 이렇게 된 거 잘 지내야겠다는 생각도 들고 해서 그럭저럭 지냈어. 근데 막상 같이 연습하니까 자꾸 뭔가가 걸리는 거야. 생각보다 재미도 없고 즐겁지도 않고 불편하더라고. 도저히 못 참겠어서 사실대로 말했어. 너 왜 이렇게 재미없냐고. 정말 너무 하기 싫다고."

"그랬더니?"

"곡이 후져서 그러냐고 묻더라고! 그래서 곡도 마음에 안 드는 것 같은데 곰곰 생각해보니까 그 반대인 거 같다고. 곡이야 고치면 되지만. 난 네가 별로 맘에 안 들고, 그러다 보니 곡도 마음에 안 드는 것 같다고 이야기를 했지. 그랬더니 갑자기 딴 남자 생겼냐고 묻더라."

"그래서 원래 남친 많다고 말했구나. 그 새끼는 그 말에 열 받아서 때린 거고!"

내 말에 그녀는 고개를 끄덕였다. 속이 부글부글 끓어올랐다.

"아무리 그래도 그렇지. 어떻게 여자 뺨을 때리냐! 그 새끼 정말 너무한 거 아냐!"

정건 선배는 하루아침에 그 새끼가 됐다. 얼마 전까지만 해도 나도 그녀에게 딴 남자 생겼냐고 물었고, 때리려 했다. 나로 인해 그녀가 고통받기를 원했었다. 그런데도 내 마음속은 언제 그랬냐는 듯 정건 선배가 그녀를 때리고 괴롭혔다는 사실에 화가 났다. 울고 있는 그녀, 슬퍼하는 그녀를 위해 난 그녀의 어깨를 토닥여 줬다.

"그래도 잘했어! 같이 때렸으니까!"

진심이었다. 내 말에 그녀는 피식 웃었다. 눈물이 살짝 맺힌 그녀의 모습이 이해가 안 될 만큼 예쁘고 사랑스러웠다. 난 그녀를 꼬옥 안아줬다. 그녀는 좀 걷고 싶다고 했다. 그녀를 만났던 햄버거 가게를 나와 양화 한강공원으로 향했다. 굴다리 안으로 들어서자, 그곳은 바람만 다니는 길인 양, 오가는 사람이 거의 없었다. 그녀는 잠시 걸음을 멈추더니 재빠르게 내 입술에 키스를 했다.

"엄청 보고 싶었어!"

그녀의 말 한마디에 내 마음은 구름 따라 훨훨 날고 있었다. 난 눈을 지그시 감고 그녀가 던져주는 신비의 묘약을 쭉쭉 들이켰다.

"하하야, 정말 고마워. 오늘처럼 힘들 때 곁에 있어줘서! 그나저나 나 이제 어쩌지? 정건이랑 졸업 연주회 어떻게 하나! 아무래도 선생님한테 말씀드려서 다른 사람하고 연주회 해야겠지?"

"그러게. 그래야 할 것 같네!"

그녀 기분이 좀 나아진 듯했다. 아니, 내 마음도 한결 나아졌다. 우린 굴다리를 지나 한강변으로 걸었다. 낮에 한바탕 내렸던 비

덕분에 한강에서 불어오는 바람은 조금 선선했다. 그녀와 난 긴 풀들을 헤쳐가면서 걸었다. 모기인지 풀벌레인지 몹쓸 것들이 우리 사이를 얼쩡거리며 갈라놓으려 했지만, 우리의 뜨거운 사랑은 어느 것도 막지 못했다. 그녀의 손을 잡고, 찰싹 달라붙어 강가를 걸었다. 그녀는 흥얼흥얼 노래를 읊조렸다.

"오호, 지금 분위기 좋다! 그게 무슨 곡이야? 그런 분위기로 곡을 직접 써보지 그래? 잘 어울린다!"

내 말에 그녀는 갑자기 호들갑을 떨었다.

"와, 좋은 생각! 졸업 연주회 때 내가 곡을 쓰고 그 곡을 내가 직접 부르는 거야. 난 왜 그런 생각을 못 했지? 그게 제일 좋은 방법 같아. 그러면 정건이랑 안 해도 되고, 다른 사람 신경 안 써도 되고! 어때?"

"그건 그렇지! 근데 그게 가능해?"

"되고 안 되고 문제는 아닌 것 같아. 내가 좋아서 하는 음악인데, 안 좋은 선택을 하고 싶지 않아. 졸업 연주회는 누구보다도 우선 내 스스로가 즐거웠으면 좋겠어. 그래야 후회도 안 하고 보람도 클 거고!"

그러더니 얼른 집에 가서 곡을 쓰겠다고 했다.

"내일부터 쓰지?"

내가 못 가게 말렸지만, 뻘이 왔다나? 그분이 오실 징조가 보인

다나? 하면서 서둘렀다.

"그러지 말고 지금 여기서 쓰면 안 돼? 핸드폰에 녹음 버튼 누르고 노래를 저장하면 되잖아! 응?"

"기타를 가지고 왔으면 몰라도 지금은 안 돼."

아무리 꼬셔도 안 통했다. 그녀와 헤어지고 집으로 왔다. 해 지기 전에 집에 온 게 몇 년 만인가 싶었다. 샤워를 하고도 너무 더워, 베란다 창을 활짝 열어두었다. 베란다에는 어느새 자랐는지, 상추며, 방울토마토며, 고추가 주렁주렁 매달려 있었다. 이분들께 뭔가 해주고 싶다는 생각이 들었다. 제일 예쁜 컵을 골라, 물을 한 잔씩 따라줬다.

"여러분, 잘 자라세요!"

그러고는 방울토마토 한 개를 따서 씻지도 않고 맛을 봤다. 퉤, 무지 맛이 없는 게 토마토는 토마토였다.

그다지 해야 할 일도 없고 내일모레부터 기말고사이기도 해서, 간만에 책상에 앉았다. 아니, 앉기 전에 행주를 가져다가 책상 위 먼지부터 닦아내었다. 그러고는 실용음악이론 책을 폈다. 내 의지로 책을 펴는 일은 혁명과도 같은 일이다. 혁명이 일어났으니, 새로운 사회는 건설되어야 마땅하다. 하지만 딱 혁명만 일어나고 마는 건 어떻게 되는 걸까? 실패한 혁명이라는 것이 있는지 없는지는 잘 모르겠지만, 적어도 나에겐 있었다. 책을 펴는 것, 딱 거기까지였다. 한두 줄을 읽어도 어찌 그리 들어오는 게 없을까? 공부를 해야겠다는 생각은 어디서 시작되는 걸까? 모르는 게 있어서 알아봐야겠다는 의지에서? 아니면 남들보다 잘하고 싶다는 욕구에서? 이런저런 생각을 하다가 얼핏 잠이 들었다. 그래도 꿈속에서는 나의 혁명이 대성공을 거두었을 것이다. 그것도 아니면 하는 수 없는 거지만!

책상 위에서 자는 걸 엄마는 신기해했다. 날 흔들어 깨우고는 동그랗게 눈을 뜨고 물었다.

"밥은 먹은 거야? 공부하려면 잘 먹어야 하는데!"

머리를 쓰려면 단백질을 많이 먹어야 한다는 둥 알은체를 하기 시작했다.

어머님, 소자는 아직 한 줄도 못 읽었습니다. 그만 오버하시지요.

양심에서 넘어오는 소리를 꿀꺽 삼켰다. 그러고는 이마를 짚어가며 페이지를 넘기는 척했다. 엄마는 어깨를 몇 번 주물러주고는, 손길을 거두더니 목소리 톤을 바꿨다.

"근데, 하하야! 낼모레 서천 집에 가보기로 했어. 시험 끝나고 시간 괜찮으면 같이 갈래?"

가고 싶지 않았지만 대답도 하지 않았다. 더 이상 엄마를 잡는 것도 그런 일로 다투는 것도 하고 싶지 않았다.

"근데 정말 농사지을 수 있겠어?"

"모르겠어. 자신은 없어. 책 몇 권 읽었으니까 외운 대로 해보려고. 실은 농사라기보다는 전원생활을 해본다고 생각하고 가는 거야. 심심하고 재미없고 답답할까 봐 두렵기도 하고."

"책 보면서 농사짓는 사람도 있긴 있구나. 역시 엄마답네. 근데 그 시인과 농부는 어떤 점이 마음에 드는 거야? 내가 보니까 전혀 엄마 스타일 아니던데!"

엄마는 웃었다.

"그래 보여? 글쎄, 내 눈엔 딱 내 스타일이던데. 처음에는 진지해서 좋았는데, 자꾸 이야기를 해보니까 너무 재미있는 거야."

"혹시 엄마가 좋아해서 재미있게 느끼는 건 아냐? 원래 재미있는 사람 같지는 않던데?"

"그런가? 그럴 수도 있겠네. 오! 꽤 예리한걸!"

우린 서로를 겨누던 전투 장비를 슬슬 내려놓으며 이야기를 나눴다.

"엄마, 진지하게 묻는 건데 기분 나쁘게는 듣지 마."

엄마는 내 말에 살짝 긴장하는 듯했다.

"엄마는 그 사람이랑 평생 살 자신이 있어?"

"평생이라고?

엄마는 고개를 갸웃거리더니 말을 이었다.

"글쎄다! 지금 마음이야 이 사람과 영원한 사랑을 하고 싶고, 그럴 자신도 있는데……. 나중에 어떻게 될지는 나도 모르겠는데?"

"뭐야? 그럼 살아보고 안 맞으면 또 다른 사람 만나려고?"

톡 쏘듯 말해도 엄마는 부드럽게 답했다.

"또 다른 사람을 만나고 안 만나고는 그 누구도 장담을 할 수 없는 거잖아. 사랑은 예기치 않게, 마치 번개를 맞은 것처럼 오기도 하니까."

"어휴, 괜히 물어봤네!"

"왜? 그런 거 마음에 안 들어?"

"당연하지! 사랑하는 마음, 그게 다 뭐야? 그놈의 사랑, 그게 뭐라고…….."

내가 할 소리가 아니라선지 저절로 끝말이 흐려졌다.

"난 사람을 가장 사람답게 하는 일이 사랑이라고 생각해. 다른 사람을 받아들이는 마음, 그래서 내가 변하는 것, 그것이 사랑의 힘이잖아. 그 좋은 걸 왜 안하려고!"

"됐고! 그나저나 이번에는 좀 진득하니 살아봐, 오래도록! 난 엄마가 힘들지 않고, 외롭지 않았으면 좋겠어."

"오, 아들! 진짜 멋지다! 그래 이번에는 8월의 들꽃처럼 사랑할게. 쉽게 지지 않는 여름 꽃처럼 오래 사랑할게. 와락 달려드는 사랑 말고 아껴서 야금야금 사랑해볼게."

엄마는 슬쩍 내 손을 잡았다. 이게 뭔가 싶었지만 가만히 있었다. 그러다 그만 나도 모르게 내 맘도 털어놓고 말았다.

"엄마. 그럼 한 가지만 묻자. 한 명만 사귀는 게 아니고, 여러 명이랑 사귀는 것은 어떻게 생각해?"

"동시에 여러 명을 사귄다고?"

"응, 문어다리처럼 여러 명을 사귀고 사랑하는 것은 어떤 것 같아?"

"글쎄다. 어려운 질문인데? 음 근데 하하야, 최근에 엄마가 책을 읽었는데 이런 말이 있더라. 방법을 가진 사랑은 사랑이 아니래."

"뭐? 그게 무슨 말이야?"

"그러니까 사랑에는 방법이 없다는 거지. 방법이 없으니까 결국 사람마다 다 다를 수밖에 없는 거고."

이제껏 엄마가 했던 말 중에 최고로 가슴에 와 닿았다. 오 오 엄마! 다시 봤어!

자다가 카톡 소리에 깼다. 새벽 2시가 넘었다.

하하야, 나 12마디나 썼어. 들어봐! 어때?

링크를 걸어둔 곳으로 가 재생 버튼을 눌렀다. 깜짝 놀랐다. 그녀의 곡에는 어느새 노래 가사까지 붙어 있었다.

낙타를 사러 시장에 갔어.

사막을 건너고 싶어.

노트북을 팔아야 하나.

자전거를 내놔야 하나.

몰라 몰라.

기대 이상이었다. 앞부분에 팝 분위기에 어쿠스틱 분위기를 씌우고 코드 진행을 조금만 세련되게 하면 꽤나 그럴듯하게 들릴 것 같았다. 바로 그녀에게 문자를 넣었다.

대박! 노래 완전 귀여워! 가사 짱! 근데 낙타를 왜 시장에서 사?

ㅋㅋㅋㅋ 진짜? 고마워! 인도에는 정말 낙타 시장 있음. ㅋㅋㅋ 근데 정말 괜찮아?

오오오, 짱! 짱!

대번에 카톡이 하트 천 개쯤을 달고서 날아왔다. 그녀와 폭풍 카톡이 시작되었다.

근데 12마디 이후로는 곡이 안 써져. ㅠㅠ 어쩌지? 흑흑

음은 그대로 두고 뒷부분에 리듬만 조금 바꿔봐. 리듬을 달리하면

분위기가 확 바뀔 것 같아. 그런데 가사는 있어?

아뉘, 가사도 없어. 생각이 딱 거기까지. ㅜㅜ

그럼 같이 해볼까? 내일 만날래?

좋았어.

집에는 아무도 없었다. 집으로 오라고 하고 싶어졌다. 아무도 없
는 집에 둘이라?! 엄마가 없으면 좋은 점도 많겠다는 생각이 처음
으로 들었다. 그렇게 생각하니 외로움이고 뭐고 싹 달아났다. 상상
만으로도 괜스레 심장이 뛰었다.

그럼 우리 집으로 올래? 엄마 없는데!

ㅋㅋㅋ 됐거든요!

하는 수 없이 학교 동아리방에서 만나기로 했다.

23

그녀를 만나려고 옷을 갈아입는데 또다시 흥분이 일었다. 입술을 자꾸 만지게 되고, 옷장 깊숙이 숨겨두었던 콘돔 다발을 꺼내 몇 번이고 들여다보기도 했다. 한 번 그런 생각을 하니 쉽게 가라앉지가 않았다. 한 가지만 집요하게 생각하는 인간은 변태에 정신병이라고 생각했는데, 놀랍게도 내가 그 꼴이었다. 아침부터 괜히 팔굽혀펴기만 백 번을 했다.

구호를 외쳤다. 굽힐 때는 참, 펼 때는 자.

11시에 밴드방에서 만났다. 실은 콘돔 하나를 주머니에 넣고 나왔다. 아니, 콘돔이 자꾸 따라오려고 해서 데리고 나왔다. 녀석은 자꾸 그녀를 힐끔힐끔 보라고 시켰다. 하지만 그녀는 녀석의 마법에는 걸려들지 않고, 노래에만 빠져 있었다.

"하하야! 여기 악보로 좀 옮겨봐!"

그녀는 재촉했다.

"어? 뭐라고?"

내가 넋이 나가 있는 것조차도 그녀는 눈치채지 못했다. 그녀는 또다시 노래만 불렀다.

"자, 잠시만! 그 부분 좀 이상하지 않아? 다시 해볼게!"

그녀의 깊은 몰입에 콘돔은 두 손을 들었다. 그제야 난 그녀가 시키는 대로 했다. 차츰 마음이 가라앉았다. 코드 진행을 이렇게 저렇게 하자고 이야기도 나눴다. 그녀는 기타를 치면서 계속 음을 수정했다. 그러고는 조금씩 가사를 이어 붙였다.

어차피 다음 일은 아무도 몰라

심장이 두근거리는 일만 하려고

함께 갈래? 뒷자리가 비었는데

낙타를 믿어봐

그리고 나를 믿어봐

사막은 열려 있다고

나에게는

또 너에게도

그녀는 시인이었다. 단박에 어쩜 그리도 멋진 가사를 쓸 수 있는지. 그녀가 만든 최초의, 아니 그녀와 내가 만든 최초의 곡은 멋지게 완성되었다.

"조용히 좀 있어봐. 녹음 좀 할게!"

그녀는 핸드폰의 녹음 버튼을 눌렀다. 그러고는 노래를 시작했다. 그녀의 볼은 붉었다. 그녀는 흥분 상태였다. 나도 흥분 상태였다. 다만 나의 흥분과 그녀의 흥분은 바라보는 방향이 조금 달랐다. 그녀의 가사가 내 귀에는 이상하게 들렸다.

어차피 다음 일은 아무도 몰라
콘돔이 시키는 일만 하려고
함께 잘래? 침대가 비었는데
콘돔을 믿어봐
그리고 나를 믿어봐
사랑은 열려 있다고
나에게는
또 너에게도

콘돔은 내 귀에 속삭이고 있었다. 더 이상 참지 못했다. 노래하는 그녀를 덥석 안았다. 그녀는 날 밀쳐내고는 헤드록을 걸었다.

"아! 아! 살려줘!"

"너 정신 차릴래! 말래!"

"차릴게! 이거 놔! 이거!"

그녀가 웃음을 터뜨렸다. 나도 그만 웃음이 나왔다. 창작의 기쁨도 스킨십의 기쁨도 커져만 갔다. 우리는 기쁨의 포옹을 했다. 키스를 하고 싶었지만 그녀가 만류했다.

"학교에서는 워워!"

"왜? 누가 볼까 봐?"

"아니! 학교는 심장이 안 뛰는 곳이라."

그녀는 다시 녹음을 했다. 난 옆에서 조용히 반주를 넣어줬다. 우리는 녹음을 하고 또 녹음하고 노래하고 또 노래했다. 콘돔의 첫 번째 세상 구경은 얼굴도 못 내밀고 끝나고 말았다.

다음 날 시험을 일찌감치 끝내고 동아리방에서 그녀의 소식을 기다리고 있는데, 이현이가 허겁지겁 달려왔다.

"야, 빅뉴스! 정건 선배 오늘 무릎 꿇었대. 여진 선배 승이야, 승!"

"예상 가능한 결말 같은데!"

내 말에 이현이가 내 뒤통수를 한 대 쳤다.

"짜식! 드디어 미쳤구만!"

"미친 거 아니거든. 그나저나 둘이 어디 있던데?"

"매점 옆 벤치에서 봤어. 정건 선배 표정 완전 죽상이더라. 크크, 그 잘생긴 얼굴, 그 간지 다 어디다 뒀대?"

얼른 매점 쪽으로 가봤다. 그녀도 정건 선배도 없었다. 그녀에게 문자를 몇 번 보냈지만, 답이 없었다. 이현이가 집에 가겠다고 서두르는 바람에 같이 동아리방을 나왔다. 교문을 나설 때쯤 그녀에게 카톡을 받았다.

상담 중이라 연락 못 했어. 완전 절망. ㅠㅠ

쌤이 뭐래?

선생님은 보컬 전공으로 들어왔으면 보컬을 해야 한다고 했다. 전공 선생님들하고도 이미 맞춰진 일이고, 이전까지 그렇게 되어온 게 규정이라서 쉽지 않다고도 했다. 그녀는 그렇다면 자신은 졸업 연주회를 안 하겠다고 버텼고, 선생님은 졸업 연주회를 안 하면 졸업을 할 수 없다고 세게 나왔다.

앞으로 그녀에게 어떤 일이 벌어질까? 어떻게 문제를 해결할까? 옆에서 지켜보려니 불안했다. 그녀에게 힘이 되어주고 싶은데, 어떤 방법이 있을까?

만날까?

아니, 일단 좀 쉬고 싶어. 나중에. ㅠㅠ

불안했다. 집에 가면 더 불안할 것 같아, 밴드방으로 갔다. 근데 예상치도 못하게 은규와 혜민이 둘만 있었다. 심상치 않았다.

"헛!"

"응?"

은규가 얼굴이 벌게져서는 어쩔 줄 몰라 했다. 혜민이는 일렉기타만 만지작거렸다. 이럴 때 빠져주는 게 최선이겠다 싶었다. 또 돈 뜯어내기 제일 좋을 때이기도 했다.

"은규야, 나 오천 원만 빌려줘라."

"뭐?"

은규가 떨떠름하게 오천 원을 건넸다. 은규는 혜민이 몰래 내게 주먹을 먹였다. 난 은규에게 혀를 내밀었다. 그러고는 밴드방 문을 닫으면서 복도에서 큰 소리로 외쳤다.

"은규야, 혜민아. 잘해봐. 파이팅!"

24

기말고사가 끝나자, 밴드방은 한창 바빴다. 청원이네 아빠가 다니는 회사에서 가족 연수를 가는데, 가족들 중에 특별한 장기가 있는 팀에게 상금을 준다는 거였다. 무대는 좀 후질 것 같지만, 예상외로 상금은 많았다. 일등이 백만 원! 우리는 백만 원에 목숨 걸기로 했다.

곡을 선정할 때부터 몹시 시끄러웠다.

"가족들 모임에는 신나는 노래가 최고야! 〈말 달리자〉, 이런 거 어때?"

"싫어, 내 목소리는 분위기 있는 게 어울린단 말이야!"

"어른들은 뽕짝을 좋아해!"

"무조건 시끄러워야 해. 그래야 사람들이 와서 보지!"

수많은 이야기가 오가다, 일단은 두 곡을 연습하기로 했다. 신나는 곡 하나와 수영이의 보컬이 살아날 수 있는 곡 하나.

"야, 그나저나 선배들이 산마 이름 쓰지 못하게 했잖아. 그럼 뭐라고 하지?"

"그러게!"

모두 머리를 이리저리 굴렸다. 하지만 이름들이 신통치 않았다. 그때 청원이가 한마디 했다.

"산마2 어떠냐?"

"산마이? 꼭 쌈마이로 들리는데!"

"그러니까, 재밌잖아. 어때?"

다들 웃었다. 우린 그렇게 쌈마이가 되었다. 청원이네 아빠가 이름이 뭐 그러냐고 한마디 하셨다지만, 뭐 어쩌겠는가? 우리가 좋다는데!

엄마는 카톡의 프로필 사진을 바꿨다. 서천 집 앞마당에서 한껏 웃으며 서 있었다. 햇볕을 받아선지 표정도 밝고 화사해 보였다. 배경으로 서 있는 집도 꽤 그럴듯하고 번듯해 보였다. 다 쓰러져가는 집으로 예상했는데, 아마 시인과 농부는 보기보다는 부자인가 보다.

엄마는 시인과 농부의 차에 짐을 가득 싣고 떠났다. 엄마가 떠난 자리에 피아노가 놓이고 방음을 했다. 엄마는 베란다에 있는 화분들까지 가져가려고 했다.

"그 화분들을 차에 어떻게 실으려고. 그냥 놔둬. 내가 알아서 물 줄 거야."

엄마는 놀란 듯이 날 봤다. 난 엄마의 눈을 피했다.

가끔 영아를 만났다. 영아와 함께 영화도 보고, 음악 이야기도 했다. 난 영아에게 인디밴드의 무비를 하나 보여줬다. '무키무키만만수'라는 밴드의 〈투쟁과 다이어트〉라는 곡이었다.

"이게 어떻게 음악이야!"

영아가 앞 소절을 들으면서 말했다. 그러더니 점점 음악에 빠지는 듯 집중했다.

"어라? 은근 중독성 있다. 좋은데! 장구를 세워서 북처럼 쳐대는 느낌도 신선하고, 일부러 음정에 안 맞게 부르는 것도 꽤 재미있는데!"

"맞아, 음악은 이렇게 하고 싶은 대로 하면 되는 거야."

내 말에 힘입었는지 얼마 전 낙타 쌤과 있었던 이야기를 고자질하듯 풀어놓았다. 내가 발끈해줬다.

"음악이 재즈만 있는 건 아니잖아. 꼭 그렇게 해야 해? 음악은 상상력이고 독창성 아냐? 아까 그 음악들 봐. 발악하듯 소리를 질러도 음악이 되잖아. 나 같은 경우는 이런 음악을 들으면 카타르시스가 느껴지거든. 난 고정된 생각이 싫어. 자유롭게 표현해야 하는 게 음악이고, 예술이라고 생각해!"

내 눈에서 찌릿 빛이 났다. 음, 이렇게 영특한 눈빛이라니!

"그치, 그치!"

영아는 연신 고개를 끄덕였다. 그러다 한 가지 물음표를 그려냈다.

"아이디어가 중요하고 상상력이 중요하다고 했잖아. 그럼 연습은 왜 해야 하는 거지?"

"에이, 그거야, 아이디어를 제대로 표현하기 위해서지. 그런데 또 그 반대인 경우도 있어. 연습을 하다 보니까 아이디어가 생기기도 하고, 또 상상력도 생기더라고! 그래서 연습이 중요하긴 해!"

"오호 대단해!"

영아는 날 존경스럽게 바라봤다. 사실 이런 말들은 모두 그녀가 내게 해준 말들이었다. 난 그녀에게 배운 여러 주옥 같은 말들을 영아에게 전했다. 마치 내가 최초로 생각해낸 것처럼 말이다. 영아는 슬그머니 내 손을 잡았다. 난 절대 거부하지 않았다.

첫사랑은 뭘까? 황순원의 「소나기」에는 가녀린 서울 소녀와 시골뜨기 소년이 나온다. 징검다리 한가운데서 소녀가 물장난을 하고 있을 때, 소년은 둑에 앉아 소녀가 비켜주기만을 기다린다. 그때 소녀는 '이 바보' 하며 소년 쪽으로 하얀 조약돌을 던지고 단발머리를 나풀거리며 사라진다. 난 그런 소년은 아니다. 난 소녀의 마음을 읽을 수 있다. 마음을 읽는다는 것은 더 많이 생각하는 거다. 내가 그녀가 되어, 소녀가 되어 그 마음을 헤아리는 것, 그게 사랑이다. 어설픈 첫사랑을 어설프지 않게 하는 법은 딱 하나. 그건 내가 네가 되어보는 거다. 유체 이탈하여 네 속으로 들어가 보는 거다.

여름방학이 시작되었다. 그녀를 못 본 지 20일이 넘어갔다. 그녀는 결국 기말고사를 안 봤다. 선생님이 전화를 하고, 부모님들과 상담을 했다는데도 그녀는 학교를 안 와버렸다. 어디서 이런 용기가 나오는지 알 수 없었다. 그걸 용기라고 해야 하는 건지도 모르겠다. 그녀에게 전화를 걸었지만 늘 전원이 꺼져 있었다. 도대체 그녀에게 무슨 일이 벌어지고 있는 걸까?

고3 선배들은 졸업 연주회 때문에 방학에도 계속 바빴다. 또 누군가는 수시 준비를 할 것이고, 또 그중의 누군가는 합격의 기쁨을 누리겠지.

거의 이현이와 함께 지냈다. 만화를 빌려보기도 하고 TV도 보고 함께 라면을 끓여 먹고, 그러다 게임 하고 음악 듣고, 또 내처 잠들고. 아주 가끔은 청원이와 은규도 와서 자고 갔기 때문에 특별히 외로운 것은 없었다. 하지만 내 마음은 늘 그녀에게 가 있었다. 아이들 몰래 그녀와 내가 만든 곡을 부르기도 했다. 내 왼손은 늘 연락도 오지 않는 핸드폰만 만지작거리고 있었다.

그러다 7월도 거의 다 끝나갈 무렵, '띠링' 그녀에게 연락이 왔다.

잘 지내? 우리 만날까?

당장 만나! 만나서 이야기해!

번개처럼 만났다. 홍대 앞에서 그녀를 기다리는데 심장이 미친 듯이 뛰었다. 멀리서 걸어오는 그녀를 한눈에 알아봤다. 그녀는 더 예뻐져 있었다. 짧게 깎은 머리에 오렌지 빛 염색이 발랄해 보였다. 짧게 입은 원피스도 시원해 보였고.

"뭐 하고 지냈어? 좋아 보이는데?"

"음악 듣고, 작곡하고 그렇게 지냈지. 네 덕에 어떻게 작곡할지 대충 감이 오더라고! 가사도 좀 쓰고 있고. 알바도 다시 시작했어."

그녀는 연신 웃음을 띠면서 말했다.

"그래? 그나저나 학교는 어떻게 되는 거야? 그만 다닐 거야?"

"그럴까 생각하고 있어. 집에서는 수업일수 조금만 채우면 된다고 사정을 하는데, 한 번 정이 떨어지니까 별로 다니고 싶지가 않더라고!"

"졸업 연주회도 안 하겠네?"

"그거야 당연하지. 내가 시험을 안 봐버리니까, 선생님들이 내가 만든 곡으로 무대를 설 수 있게 해준다고 계속 꼬시더라고. 그런데 그것도 별로 내키지 않아서."

난 고개만 끄덕였다. 잠시 그녀와 나 사이에 침묵이 흘렀다. 생각해보면 내가 정말 궁금한 건 그게 아닌 것 같았다.

"그런데 왜 그간 나한테 연락 안 했어?"

"만나고 싶었는데, 널 만나면 무너질 것 같더라고! 왠지 학교를 그만두지 못할 것 같아서."

갑자기 눈물이 핑 돌았다.

"나 정말 보고 싶었는데……."

난 손끝만 만지작거렸다. 그녀는 내 옆으로 다가왔다. 그러고는 날 안아줬다.

"하하야, 네 생각 많이 나더라. 너랑 춘천에 갔던 거, 강변을 손잡고 걸었던 거, 함께 작곡한 거. 얼마나 많이 생각났는지 몰라."

순간 내 심장이 녹아내리는 것 같았다. 그녀는 조용히 다시 말을 이었다.

"그간 내가 좋아하는 거는 뭘까, 나는 뭘 하고 살까, 그런 생각들을 했어. 앞으로 무대에 서려고 해. 사람들 앞에서 노래하려고. 그게 얼마나 설레는 일인지, 그게 얼마나 신나는 일인지 상상만으로도 즐거워. 학교 다니면서 그런 꿈들이 사라졌던 것 같아. 다른 사람들과 비교하면서 내가 작아지고, 그러면서 그런 꿈들도 잊어버렸던 것 같아. 신이 내게 특별한 재능을 준 것 같지는 않지만, 그래도 한 번 도전은 해봐야지! 아직 내 재능이 뭔지도 잘 모르니까! 무대가 있는지도 직접 알아볼 거고 곡도 직접 써볼 거고. 그 생각만 하면 너무 기뻐!"

내 몸은 저절로 그녀 쪽으로 다가가 그녀를 쓰다듬었다.

"내가 뭐든 도와줄게!"

그녀는 뽀뽀를 퍼부었다.

"진짜?"

두 눈이 반짝이는 그녀가 너무도 예뻤다. 서둘러 나오느라 콘돔을 못 챙긴 게 후회스러울 뿐이었다.

모든 사람에게는 사랑이 가득 담긴 항아리가 있다. 항아리의 크기는 제각각이라, 어떤 사람은 집채만 한 항아리를 가지고 있고, 또 어떤 사람은 간장 종지만 한 항아리를 가지고 있다. 엄마는 얼마나 큰 항아리를 가진 걸까? 어쨌거나 엄마는 새로운 사랑을 만날 때마다 100그램씩, 혹은 200그램씩 퍼내면서 산다. 엄마에게 현재의 사랑은 최선일 뿐이지 최고의 사랑은 아니다. 또 마지막으로 하는 사랑도 아니다. 현재의 사랑은 언젠가는 끝이 있고, 또 지금의 사랑이 끝나면 새로운 사람을 찾아 사랑을 하게 될 것이다.

사랑은 변하는 것이 아니라 소멸하는 것 같다. 불길이 아무리 거세다 해도 때가 되면 언젠가 어떤 이유로든 불이 꺼지고 마는 것처럼 사랑의 감정이 아무리 타오른다 해도 언젠가는 끝이 나겠지.

나의 사랑, 그녀는 동시에 여럿을 사랑한다. 그녀는 항아리에서 이 사람에게 50그램, 저 사람에게 100그램, 저기 보이는 사람에게 는 200그램의 사랑을 퍼주고 있다. 어쩜 지금도 그녀는 누군가를 만나 사랑을 퍼주고 있을지 모른다. 난 그녀의 사랑을 구걸하는 모양새가 되어버렸지만, 나의 사랑도 언젠가는 소멸하고 말겠지. 하지만 난 현재 그녀를 사랑한다. 그것만은 진실이다.

답은 없다. 문제도 없으니까.
'방법을 가진 사랑은 사랑이 아니다.'
그 말만은 믿는다.
비록 내일 세계의 종말이 온다 할지라도, 나는 오늘 한 그루의 사과나무를 심겠다는 스피노자처럼 비록 내일 그녀와 헤어진다 할지라도, 나는 오늘 그녀를 위한 노래를 지을 것이다.

"딩동."
그녀가 우리 집으로 오기로 했다. 이현이를 쫓아내고 온 집 안 구석구석을 닦았다. 양치를 하고 샤워를 했다. 혹시나 싶어 콘돔을 한번 뜯어봤다. 그녀 앞에서 사용법을 몰라 쩔쩔맬까 봐 착용도 해봤다. 생각보다 쉽지 않았다. 그래도 뭐 잘되겠지. 파이팅!

두근거리는 심장을 누그러뜨리고 문을 활짝 열었다.

"하하야, 너 왜 연락이 안 되는 거야?"

그녀 뒤에는 웬 남자가 멋쩍은 듯 서 있었다. 기타를 메고.

"인사해. 같이 음악 하는 친구인데, 너랑 같이 연습 한번 해보고 싶다고 해서."

순간 난 엄청난 소리를 들었다.

"아, 아악!"

콘돔이 내지르는 비명 소리. 콘돔은 내 귀에 대고 이렇게 속닥였다.

"하, 항복! 그녀와 합의를 봐! 합의를!"

한발 빼는 콘돔에게 화가 났다. 순간 나의 원대한 꿈은 합의로 바뀌었다. 단언컨대, 난 아주 순수한 영혼이었다.

가수가 꿈인 시절이 있었다. 어렵게 준비해서 실용음악과에 들어갔는데, 막상 들어가 보니 나보다 노래를 훨씬 잘하는 친구들이 많았다. 귀가 밝은 친구들도 많아서 친구들 앞에서 노래를 부른다는 게 부담이 됐다. 혹시 실수라도 하게 될까봐 무섭고 두렵기도 했다. 노래할 맛이 뚝 떨어졌다. 근데 지금 와서 생각해보니 왜 그랬나 싶다. 노래라는 건 누구나 흥얼거릴 수 있는 거고, 즐기면서 하면 되는 건데.

산소마이크 밴드의 1학년 보컬, 수영이는 자신의 음역을 찾지 못해 처음에는 방황을 한다. 그러다 우연한 기회에 자신의 음역대를 발견하고 음색을 찾게 되는데, 자신에게 맞는 음역대를 찾는 일은 그리 쉬운 일은 아닌 듯하다. 그건 음악의 경우만은 아닐 거다.

하하의 엄마는 자기 욕망에 충실한, 당당한 비혼(非婚)모다. 기존의 결혼제도와 맞서는 삶을 사는 인물이다. 하하의 여친, 여진이는 비독점다자간의 사랑을 하려한다. 난 『하하의 썸씽』의 인물들을 통해 세상에는 수많은 빛깔의 사랑과 다양한 모양의 삶이 있다는 것을 보여주고 싶었다. 제도나 도덕, 관습이라는 잣대로만 사랑, 결혼, 성(性)을 재단하지 말라는 이야기도 하고 싶었다.

하하는 여진이를 사랑한다. 사랑을 한다는 것은 어려운 일이다. 사랑을 하면 조바심도 생기고 고통도 따르고 서로의 차이에서 오는 불편함도 감수해야 한다. 또한 위험한 일이기도 하다. 사랑은 나의 일상을 깨부숴버리기도 하고, 생각의 틀을 마구 흔들어놓기도 한다. 프랑스의 철학자 알랭 바디우는 『사랑예찬』에서 '남녀 간의 사랑이 진리를 생산하는 절차'라고 이야기했다. 그건 사랑을 통해 진리를 깨우치고 세상을 알아가고 배운다는 의미일 거다.

어쩜 어른이 되어간다는 건 자신에게 맞는 삶의 음역대를 찾아가고, 자신에게 맞는 사랑을 찾아가는 과정일지도 모르겠다. 때로는 그 길에서 다른 사람과 충돌하기도 하고 갈등을 겪기도 하고 비틀거리기도 하고, 그러다 자신이 변화되기도 할 거다.

이 소설을 쓰는데 영감을 줬던 고딩 딸과 그 또래의 모든 친구들에게 감사한다. 그리고 4월 16일을 잊지 않겠다. 들국화 팬이었던 나의 고딩 시절을 묵묵히 참고 견뎌주신 부모님께도 감사하고,

들국화에게도 물론 감사하는 마음을 보낸다.

사랑을 시작하기 딱 좋은 계절이다.

2015년 봄바람 부는 3월, 전경남

하하의 썸 싱

ⓒ 전경남, 2015

초판 1쇄 발행일 | 2015년 3월 31일
초판 3쇄 발행일 | 2019년 12월 27일

지은이 | 전경남
펴낸이 | 정은영
편 집 | 사태희 이준근
마케팅 | 이재욱 최금순 오세미 김하은
제 작 | 홍동근

펴낸곳 | ㈜자음과모음
출판등록 | 2001년 11월 28일 제2001-000259호
주 소 | 04047 서울시 마포구 양화로6길 49
전 화 | 편집부 (02)324-2347, 경영지원부 (02)325-6047
팩 스 | 편집부 (02)324-2348, 경영지원부 (02)2648-1311
이메일 | jamoteen@jamobook.com

ISBN 978-89-544-3151-4

이 도서의 국립중앙도서관 출판시도서목록(CIP)은 서지정보유통지원시스템 홈페이지
(http://seoji.nl.go.kr)와 국가자료공동목록시스템(http://www.nl.go.kr/kolisnet)에서
이용하실 수 있습니다.(CIP제어번호: CIP2015008415)